執着幼馴染みのせいで人生を何十周もする羽目になった私の結末

月神サキ

Saki Tsukigami Presents

fairy kiss

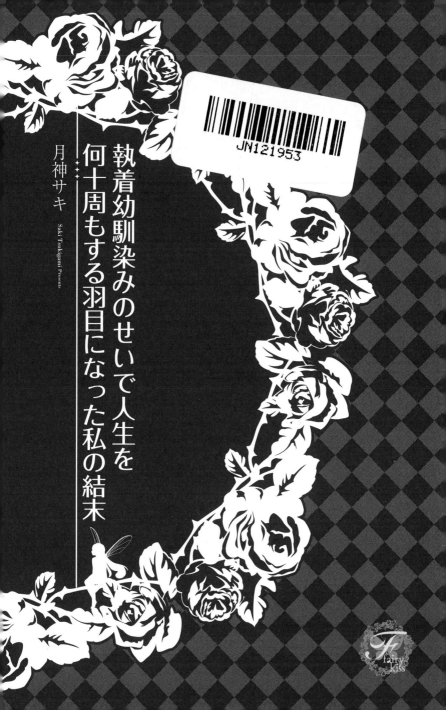

執着幼馴染みのせいで人生を何十周もする羽目になった私の結末

fairy kiss

序章　神の寵児《ちょうじ》

人生が終わる独特の感覚に身を任せながら、私はぼんやりとそう思った。

——また、死んでしまった。

私が死ぬのは、これでもう十度目である。

◇

私——マグノリア・クイン・ウィステリアは、ウィステリア王国の第三王女である。

ウィステリアは、大陸の西部に位置する小国。創世神であり唯一神、クインクエペタ様を崇《あが》める国としても特に知られている。

そんなウィステリアには、七、八十年に一度、創世神の愛を一身に受けた愛し子が生まれる。

神を特別崇めるウィステリアにのみ生まれる愛し子は『神の寵児』と呼ばれ、国内のみならず、外国からも熱い視線を向けられている。

それは何故か。

『神の寵児』は、存在するだけで富と繁栄を約束すると言われているからだ。

そして私、マグノリアは、クインクエペタ様の寵愛の証である銀色の髪と青色の瞳を持つ、『神の寵児』として生まれた。

当時、生まれたばかりの私を見て、父は快哉《かいさい》を叫んだらしい。その声は、城中に響いたとか。

第三王女がそこまで喜ばれることは普通ないので、皆は驚き、だけど私を見て、納得した。そして彼らもまた満面の笑みを浮かべた。

何せ王家に『神の寵児』が生まれたのは初めて。これは素晴らしいことだと喜んだのだ。

私は生まれた時から、非常に容貌が優れていた。それは私が、『神の寵児』だから。

その容姿は人間離れしていて、男女の別なく、誰もが見惚れるほど。神の寵愛を受けていると考えるとそれも納得である。

繁栄を約束する美貌の王女の誕生。

私が生まれた時、王都では一カ月に亘《わた》り、祝福の宴が繰り広げられたと聞いている。

そうして私はすくすくと育った。皆からとても大切にされ、愛されて成長した。

『神の寵児』は大切にすればするほど良いとされている。そうすれば、その環境を与えた者に、より多くの幸福をもたらす。それが『神の寵児』というものなのだ。

創世神から特別に愛された私はきっと幸せに生涯を過ごし、その生を全うするのだろう。

そう思われてきたし、自分でもそうなのだろうと確信していた。

創世神クインクエペタ様は一度も私の前に姿を現しては下さらなかったけれど、常にその存在を近くに感じることができたからだ。

もし私が『神子《みこ》』であれば、かの方の声を聞くこともできたのだけれど、私は『神の寵児』であって『神子』ではない。

『神子』という存在は『神の寵児』より更に稀少で、数百年に一度生まれれば良い方と言われている。

神の声を聞き、神をその身に降ろすことができる存在。それが『神子』。

『神子』もウィステリアにしか生まれないとされている。

『神子』は今、いない。ここ三百年ほど、誕生すら確認されていないのだ。

『神の寵児』と『神子』。

創世神クインクエペタ様にとって、ウィステリアが特別な国であることを簡潔に示す証拠である。

実際、小国であるウィステリアが他国から尊重されているのは、『神の寵児』と『神子』という存在があるから。

唯一神、クインクエペタ様が殊《こと》の外愛する国。

それがウィステリア。

ウィステリアはクインクエペタ様のご威光の下《もと》、発展し続けてきた国なのだ。

そしてそんな国に『神の寵児』として生まれた私。

神に愛された自身を私は幸せだと思っていたし、有り難いことだと日々、感謝していた。

そしてこの素晴らしい日々が、私がこの世を去るその時まで続くものと心から信じていた。

だって、私は『神の寵児』だから。

神により、幸せであれと望まれている存在だから。

だけどその願いは無残にも打ち砕かれた。

国にいるもうひとりの『神の寵児』。

私の幼馴染みであるシャムロックという男によって、全ては台無しになってしまった。

第一章　始まりは執着から

ウィステリア王国第三王女である私には、ふたつ年上の幼馴染みと呼べる存在がいた。

名を、シャムロック・クイン・レガクレスという。

レガクレス公爵家の跡取りで私と同じ銀の髪に青い瞳を持つ、絶世の美貌を誇る男である。

彼もまた『神の寵児』。

私が生まれた時は、同時期に『神の寵児』がふたりいるという初めての状態に、国中騒然となったようだ。

もちろん、それは良い意味での驚きだったのだけれども。

『神の寵児』がふたりいれば、きっと国は更なる繁栄を約束される。皆、そう考えたのだ。

私とシャムロックは、私が八歳で彼が十歳の時、初めて引き合わされた。

『神の寵児』同士、仲良くすることができるだろうと期待されたからだ。

実際、父からはそう言われたし、母からも頼まれた。

どうやら年上の『神の寵児』は少々問題があるらしく、それを解決するためにもぜひ私に彼と仲良くなって欲しいということだった。

わずか八歳の私に何ができるかと本気で思ったが、父の意向に逆らえるはずもない。

私は『神の寵児』である前に父の娘なのだ。

私はとてもいい返事をして、父に、「期待に応えます」と言った。

実際は全く興味なんてなかったけれども。

拒否権のない命令に逆らったところで何も良いことはないと、幼いながらに私は知っていた。

とはいえ、同じ『神の寵児』だからと言って、仲良くなりたいと思うかは別問題だ。

私はどちらかというとひとりで過ごすのが好きなタイプで、友達がいなくても全く平気。

部屋の中で読書をするのが大好きで、その邪魔をされるのが何よりも嫌という典型的な引き籠もりだった。

だが、「引き籠もっていたいから、断ります」とはさすがに言えない。

心から遠慮したいと思いながらも私は空気を読み、「お友達になりたいです」と心にもないことを父に言った。

そしてやってきた初顔合わせの日。

私は白いリボンのついたドレスに身を包み、彼を待った。

普段着ているものより、明らかに良い素材のドレスは、着心地がとても良かったが、どれだけ父たちが私に期待を寄せているかを感じ、少々億劫《おっくう》にもなった。

——面倒くさいわね。

八歳ではあるが、早い段階から王女教育を受け、更には読書が趣味ということもあり、私はわりと精神年齢が高かった。

年上の少年と話したことも何度かあるが、皆、子供っぽくてすぐに嫌になったのだ。

これから来るという少年もそんな感じなのだろうか。だとしたら、とても苦痛な時間になるだろう。

うんざりとしながらも、逃げることもできず、ただその場で待つ。

約束の時間になり、シャムロックは上質な黒いジャケットと同じく黒で細身のトラウザーズ、銀灰色のベストにクラヴァットという、貴族としては極々一般的な格好で、私の部屋に現れた。

「……」

——え、なんか言ってよ。

自分の部屋だというのに居心地が悪い。

部屋の中に入った彼は何も言わず、ただその場に俯《うつむ》き、突っ立っていた。

わずか八歳だろうと私は王女だ。自分が『神の寵児』だろうが関係ない。すぐさま跪《ひざまず》き、挨拶をするのが普通。彼も公爵家の息子なのだから、それくらいは知っていると思ったのだけれど。

「……」

少年を見る。

彼はおかしなくらいに動かなかった。いや、多分、動けなかったのだと思う。

だってピカピカに磨き上げられた先の尖《とが》った靴を履いた彼は、それはもう酷い顔をしていたから。

俯いていたって分かる。

ちらりと見えた私と同じ青い瞳は、この世の全てを拒絶するような色を灯していた。

——この子に何があったの？

あり得ない事態だ。

存在するだけで国の繁栄を約束する『神の寵児』に酷いことをするような国民は、この国にひとりもいない。だって、『神の寵児』を迫害すれば、神の罰が下るから。

神の罰。

それはありとあらゆる不幸が降り注ぐ、恐ろしい神罰らしい。

百年ほど前にいた『神の寵児』が、その立場を羨《うらや》んだ者に虐待された。その時、加害者には神からの罰が下されたのだ。

彼は苦しみ抜いて、最後はむごたらしい死に方をしたらしい。己の愛し子を虐《いじ》められた神の怒りがどれほどのものだったか、このエピソードひとつだけでも分かろうものだ。

それ以来、『神の寵児』を虐めたり、貶《おとし》めたりする者は殆《ほとん》どいなくなった。

完全にゼロにならないのは、どうしたって馬鹿というものはなくならないから。だが、基本的には虐めなんて起こらないはずだ。

当たり前である。誰も、神の怒りを食らいたくなんてないのだ。

それなのに、まるで虐待でもされたかのような表情をしている彼が、私は不思議で仕方なかった。

「ねえ、いつまでだんまりを決め込んでいるつもり？」

一応待ってはみたが、いつまで経っても自己紹介のひとつも始まらない。

声をかけると彼はビクリと震え、恐る恐る顔を上げた。

――あら、まあ。

びっくりするほど綺麗な少年がそこにはいた。

目を瞬かせる。

冗談抜きで、自分と同レベルの美貌を初めて見たと思った。

恐ろしいほど整った容貌は直視するのも躊躇《ためら》うほどだ。顔のそれぞれのパーツが正しい場所に奇跡のように綺麗に嵌《は》まっている。

まだ十歳。体つきはほっそりとしていたが非常にバランスが取れている。

優しげな顔立ちは中性的で、少女のようにも見える。実在する人のようには思えない。サラサラの髪は夜空に輝く星々のように煌《きら》めいていて、感嘆の息が零《こぼ》れるほどだった。

――すごいわ。

私の男性版がいればきっとこんな感じだろうと思われるような容貌に、気づけば息を止めて見入ってしまっていた。

「……綺麗」

「え？」

私の声ではない。

目の前から聞こえたことに驚き、彼を見ると、その彼が顔を真っ赤にしていた。

彼は私を見ている。

綺麗という言葉は私に向けられたものだろう。

まあ、当たり前だけど。

思わず出たという感じの声音に満足し、にっこりと微笑んだ。

「ありがとう。あなたもとっても綺麗だわ。ところでいい加減、自己紹介をしてもらえないかしら。待ちくたびれちゃったの」

「っ！　も、申し訳ありません！　僕、シャムロック・クイン・レガクレスと言います。レガクレス公爵の息子です」

真っ赤な顔のまま、我に返ったようにシャムロックは姿勢を正した。

さすがに無礼な真似をしていると理解したのだろう。名乗りを上げた彼に鷹揚《おうよう》に頷く。

「ありがとう。私はマグノリア・クイン・ウィステリアよ。同じ『クイン』同士、宜《よろ》しくね」

『クイン』の部分を強調する。

『神の寵児』はミドルネームに『クイン』を名乗ることが決まっている。

創世神の名、クインクエペタ様の『クイン』をお借りしているのだ。

恐れ多すぎる行為だが、『神の寵児』にのみ許されている特別な名称。

その同じ『クイン』を名乗る少年。

彼はポカンとした顔で私を見て、おずおずと聞いてきた。

「クイン……姫様も僕と同じ、『神の寵児』なのですよね？」

「ええ、そうよ。見れば分かるでしょう？」

確認するように尋ねられ、私は呆れながらも肯定した。

銀の髪に青色の瞳。

この色彩を持つ者は世界中どこを探したって『神の寵児』以外にいない。そう、神に決められている。それを彼だって知っているくせに、わざわざ聞いてくる意味が分からなかった。

「僕と……同じ」

初めて視線がしっかりと合った。

私と同じ青色の瞳が私を見る。それを逸らさず見つめ返した。

どんな時でも王女は泰然と構えていなければならない。

『神の寵児』として甘やかされていても、王族としての教育は受けている。わずか八歳といえども、それなりの矜持《きょうじ》はあるのだ。

「なあに？　見惚れた？　ふふ、綺麗でしょう？」

自分にできる最大限の愛らしい笑みを浮かべる。

私が絶世の美貌の持ち主であることは幼いながらに理解している。これまでに散々賞賛され続けてきたし、それこそが『神の寵児』である証拠なのだ。謙遜する意味もない。

私が堂々と肯定すると、シャムロックは驚いたような顔をした。

「？　何よ。文句でもある？」

どうしてそんな顔をされなければならないのか。

私が美しいのは当然なのに。

そう思い、ムッとすると、気を悪くさせたと気づいたのだろう。彼は慌てて否定してきた。

「ち、違います。僕はただ、同じ『神の寵児』なのに、どうしてこんなにも違うんだろうって思って……」

「？」

せっかく顔を上げたと思ったのに、また俯いてしまった。

もうひとりの『神の寵児』はずいぶんと内向的な性格をしているようだ。

——こんなので大丈夫かしら。

『神の寵児』というのもそうだけど、彼は公爵家の跡取りでもあるのだ。まだ十歳とはいえ、この人見知りぶりはまずすぎると思う。でも、もしかしたら彼が内向きなのは何か嫌なことがあったからではないだろうかと気づいてしまい、青ざめた。

——それ、加害者が死ぬやつじゃない。

頭痛がする。あまり考えたくないと思いつつも、確認しなければならないと思った私はシャムロックに聞いた。

「……あなた、虐められてなんていないわよね？」

「まさか。あり得ません」

「そ、そうよね。良かった……」

即座に返ってきた答えを聞き、ホッとした。

良かった。虐めの線は消えた。

とりあえず、人死には回避できたらしい。心から安堵していると、彼はポツポツと話し出した。

「虐めなんてありません。あるわけがない。ただ、皆、僕のことを、綺麗だ、可愛いって言うだけです。あなたみたいに綺麗な人、見たことないって」

「ええ」

それは私もよく言われるので頷いた。

「よく分かるわ」

当然という顔をした私を見たシャムロックが小さく笑う。だけどその笑顔はすぐに消えた。

「それで、皆言うんです。大人になったら宜しくお願いしますねって。自分を取り立てて欲しい。お零れにあずかりたいって……。それで気づいちゃいました。皆、僕をチヤホヤするのは自分のためなんだって。誰も僕のことなんて見ていない。僕の後ろにいるクインクエペタ様を見ていて、僕は彼らが利用したい道具でしかないんだって……！　そう思ったら、もう何もかもが虚しくて……今の僕は、誰の言うことも信じられない……。全部の言葉が汚く聞こえるんです」

「……！」

咄嗟《とっさ》に言葉を紡げなかった。

ただ、目を見開き、彼を凝視する。

彼が言ったことは、私にも身に覚えがあった。

神に愛された『神の寵児』たる私に擦り寄ってくる人は多い。甘い蜜を吸いたいと、幼い私ならいいように操れるだろうと近づいてくるのだ。

虐めはない。だけど、ある意味虐めよりもっとキツいかもしれない。

私を役に立つ道具としか思っていない目に、今まで何度も遭遇した。

とはいえ幸いなことに、私は早い段階から王族としての教育を受けていたこともあり、そういう人たちへの対処方法も習っていた。

『神の寵児』でなくとも、王族というだけで、同じように近づいてくる者は後を絶たないからだ。

——ああ、そういうことなのね。

「……」

全てを吐き出し、また俯いてしまった少年を見つめる。

彼も公爵家の跡取りなのだから、似たような教育は受けていると思うのだが、違うのだろうか。

対処法なんて、似たようなものだと思うのだけれど。

そう思い、多分、これは性格の問題だなと気がついた。

少し話しただけでも分かる。シャムロックはかなり思いつめやすいタイプのようだ。

そんな彼に、正論や対処法を教えたところで実行できるわけもない。その前に自分で抱え込み、壊れてしまう可能性の方が高い。そう、今のように。

——うーん、このままでは潰れてしまいかねないわね。

誰かが直接何かしたというわけではないので神罰が下ることはないだろうが、自滅はありそうだ。

彼がそれで良ければ勝手にしろと言いたいところだが、父からは仲良くしろという圧力を受けている。それが分かっている以上、放置することはできないと思った。

――どうすればいいかしら。

馬鹿は気にしないのが一番と言っても彼はきっと頷かない。どうすれば、私の話を聞いてくれるだろう。

――うーん、うーん。難しい。

考えてはみたが、いくら精神年齢が高くても、所詮は八歳。思いつくことなどたかが知れている。

だが、その時、前に家庭教師の先生が言っていたことを思い出した。

それは人心掌握の授業でのこと。先生曰《いわ》く、真に相手の求めているものを与えることで、相手から絶対的な忠誠を得られるという話だった。

『姫様。ご注意下さい。これは相当な高等技術となります。人は自分が本当に欲しいものを隠しているもの。それを見抜き、与えることができればその者は姫様の絶対的なお味方となるでしょう。ですが、もしそれができなければ表面的な忠誠しか得られません。その者が何を望んでいるか知る。それはとても難しいことなのです』

『でも、見抜けば私の味方になってくれるのよね?』

『ええ、ですが陛下ですら完璧にできる技術ではありませんから。まだお若い姫様には難しいでしょうね』

そんな話を思い出し、私はこれをシャムロックにも応用できないかと考えた。

――忠誠を得たいわけじゃないけど、まあ、似たようなものよね。シャムロックが求めているものを与えることができれば、立ち直るってことでしょう?

自己流に解釈し、考えた。

シャムロックが求めているもの。それは『絶対的に信じられる相手』。これだと思うのだ。

何故そう思うか。そんなの決まっている。

彼は今、誰も信じられない。そしてそれが原因で、全てに絶望しているのだから。

だから私が彼の望むものを与えれば、彼はきっと心を開いてくれる。そう思った。

——悪くない案だわ。

彼が信じられる相手を用意する。普通は難しいことなのだろうが、私に限っては、とても簡単と断言できた。

——よし、これでいってみよう。

どうせ駄目元。やるだけやればいい。駄目だったら、頑張ったけど無理でしたと父に謝れば良いではないか。

気が軽くなった私は自信満々に彼に言った。

「それじゃあ、あなたは私のことも信用できないのかしら」

「え？」

シャムロックが顔を上げる。

どうやら気を引くことには成功したらしい。摑《つか》みは上手くいったと安堵し、私は続けた。

「あなたが皆を信用できないのは、自分を利用しようとしていると思ってしまうからでしょう？

それなら私はどうなのって話。私もあなたと同じ『神の寵児』。しかも王族よ。あなたに便宜を図ってもらう必要も、心の籠もらないおべっかを使う必要もないわ。だって私の方が立場が上だもの。ねえ、私の言ってること、間違ってる？」

言い切り、シャムロックを見つめた。

そう、彼が信用できる相手。それは私に他ならない。

私なら、彼が気にしている問題を全てクリアできる。だから、それを提示してみせたのだ。

――どう、先生。私、なかなか上手くやったのではなくて？

家庭教師の先生にあとで自慢しよう。そう思いながらシャムロックの答えを待つ。

呆然としていたシャムロックは、ぱちぱちと瞬きをした。

「……ほんとうだ」

初めて気づいたという顔でシャムロックが声を出す。しばらく彼は沈黙し、そしてものすごく嬉しそうに何度も何度も頷いた。

「本当だ、本当だ！　姫様！」

「きゃっ」

何が起こったのか。

突然シャムロックに抱きつかれ、私はものの見事に体勢を崩した。

まだ八歳の私の身長は彼よりもかなり低い。受け止めきれるはずがないのだ。

「ちょっと！　何するのよ！　危ないじゃない！」

さすがに怒鳴った。もう少しで倒れるところだったのだ。

睨《にら》みつけると、私にしがみついたシャムロックは、にっこりと笑った。その目は潤んでおり、目の端にははっきりと涙が浮かんでいる。

「……え？　泣いてるの？　どうして」

もしかして今、怒鳴ったことで泣かせてしまったのだろうか。

焦る私に、シャムロックは涙を拭《ぬぐ》いながら首を横に振った。

「すみません。悲しいわけじゃないんです。むしろ逆で。姫様のことは信じてもいいんだって思ったら嬉しくて勝手に……」

「……あ、そう……」

脱力した。

シャムロックが拭うそばから、新たな涙が流れ落ちる。だけどその表情には安堵が滲んでいて、私は心底ホッとした。

——良かった。悪い意味で泣かせたわけじゃなかったのね。

死ぬほど安堵した私は、とりあえずポンポンと彼の頭を撫でた。

どうして二歳も年上の少年にそんなことをしなければならないのかとも思ったが、泣かれたままというのは気まずかったのだ。

「そういうことならいいわよ。で？　少しはその虚しいとかいうの、なくなった？」

これが一番の問題だ。

私の作戦が成功したのか、それを尋ねなければならない。

真顔で聞くと、シャムロックは破顔した。

「はい！」

「そう。良かったわね」

――大成功！

心の中でグッと拳を握った。

どうやら、私の作戦は上手くいったようである。

良かった良かった、これで彼は私に心を開き、私たちは友人として上手くやっていけるだろう。

父の命令を遂行することができたと私は大満足だった。

「姫様」

「ん？」

心から安堵している私を、シャムロックは目をキラキラさせながら見つめてきた。

――え？

その目を見て、何故か背筋が震えた。すごく綺麗なのに、何か恐ろしいものに狙いを定められたような気持ちになり、そんな風に感じた自分に酷く戸惑った。

なんだろう。押してはいけないスイッチを押してしまったような、そんな気が――。

身震いするような感覚に戦《おのの》いていると、シャムロックが嬉しそうに笑いながら言った。

「姫様のおかげです」

「え」

何。なんの話だ。

頭の中が疑問符で埋まる。動揺する私にシャムロックは言った。

「無条件で信じられる人。僕が求めていたのはまさにそんな人だったんです。それに気づかせてくれた姫様。ええ、僕、姫様のことなら信じられます。同じ『神の寵児』で僕に庇護を求める必要がない王族の姫様なら、素直に言葉を受け入れることができる。……姫様。僕が信じられる唯一の人。僕、これからは姫様と一緒にいます。絶対に離れませんから」

——あ、これはまずい。

顔が引き攣《つ》った。

「わ、私、そういうのはちょっと……ねえ？」

ずっと一緒とか、さすがにごめんである。

父の命令だからそこそこ仲良くする気はあるが、『ずっと』は無理だ。

大体、シャムロックは私とは相性が悪そうだ。その……積極的に友達になりたくないというか、本心を言わせてもらえばできれば近づきたくないタイプなのである。

だがシャムロックは私の言葉など聞いてはいない。

ウフフとなんだかとても楽しそうに笑っている。

素直に言葉を受け入れることができると言ったくせに、自分に都合の悪いことは無視するとか何事だ。

「あの……ねえ？」

「姫様……僕の大切な人。お慕いしています」

「……」

スリスリと私の頬に己の頬を擦りつけ、甘い吐息を吐き出すシャムロック。

その頬はすべすべで感触はとても良かったが、私は「やってしまった」としか思えなかった。

私は、なんとも言い難い顔で今度こそ天を仰いだ。

——どうしよう、間違えた。

やらかした。盛大にやらかしてしまった。

どうやらシャムロックは、私を信じられる相手と認識すると同時に、執着対象と見なしたようである。

信じられる相手がここにいるよとアピールしたことは間違いではなかったのだろうが、執着していい相手と思われたのは大誤算だ。

——先生、失敗しました！

多分だけれど、私は先生の言う『本当に欲しいもの』をピンポイントで射貫いてしまったのだろう。その結果、絶対的な忠誠ではなく、執着されることになったのだ。

——なんで、こうなったの？

忠誠なら良かった。表面的に仲良くできるならそれでも良かった。

それが、何故か執着。

やはり八歳の私に高度な人心掌握術は難しかったのだろう。着地点を大いに間違えている。

とはいえ、やり直しができるはずもない。

私は自らの失策を心から呪いながら、途方に暮れた。

——どうしよう。

シャムロックにギュウギュウに抱き締められながら、私は遠い目をした。

「……良かった。今日、姫様に出会えて。この出会いをくれた全てに感謝します。姫様……可愛い。僕の大事な人。唯一信じられる人。……大人になったら僕と結婚して下さいね」

「……」

——うん。やっぱり間違えた。

色々なものを飛び越えて結婚とか言い出し始めたシャムロックは、先ほどまでの姿が嘘のように積極的に話しかけてくる。

「姫様がいてくれるのなら、他の有象無象なんて全部どうでもいいです。僕は姫様だけいてくれればそれで。ああ、今まで彼らの発言をいちいち気にしていた自分が馬鹿みたいだ。あんな人たち、無視すれば良かっただけなのに」

クスクスと楽しそうに話すシャムロック。

その結論に至ってくれたことには拍手を送りたいし、それで大正解と言いたいが、代償が大きすぎた。

——助けて……。

「姫様。大好きです」

私を抱き締めて幸せそうに笑うとんでもなく綺麗な少年を、私は絶望の表情で見ることしかできなかった。

◇◇◇

「姫様……申し訳ありません」

目の前には二十一歳になったシャムロックが剣を持って立っている。

そんな彼を私は呆然と見つめることしかできなかった。

——あれから十一年が経った。

大人になった彼は、『神の寵児』としての能力をいかんなく発揮し、文武両道の目の覚めるような美形へと成長していた。

美しい面差しは、芸術家に筆を折らせるほど。彼が微笑むだけで、気絶した女性もいると聞く（さすがに冗談だろうと思っている）。

中性的な容貌は変わらなかったが、武術を極めているおかげか、細身ではあるが鍛えられた均整の取れた体格をしており、姿勢がとても美しい。

私と同じ銀色の髪は少し長めに切り揃えられている。陽光を受けるとそれは綺麗に輝き、彼の美貌を更に引き立たせていた。

そんな男版傾国と言っても過言ではない彼は、私の奮闘も虚しく、見事に私に執着し続けた。

あの内向きだった性格はどこへ行ったのやら。

まるで反転したかのように非常にアクティブになった彼は、まずは既定路線通り私の友人の位置に収まり、毎日のように部屋に遊びに来た。

そして私に『好きだ』と言い、『結婚したい』と囁いたのだ。

「姫様がいてくれれば、僕はそれだけで生きていけます」「大人になったら絶対結婚しましょう。姫様以外、考えられません」「早く大人になって姫様とずっと一緒にいられるようになりたいです」など、その妄言《もうげん》を数え上げればキリがない。正直言って、鬱陶しかった。

確かにシャムロックは綺麗だ。『神の寵児』らしく一度見たら二度と忘れられないような美貌の持ち主で、彼に好意を寄せられて嬉しくない者はいないのかもしれない。

だが、忘れてもらっては困る。

『神の寵児』なのは私も同じなのだ。

毎日鏡を見ている私は、言いたくはないが人外レベルの美貌に耐性がある。美しさでよろめいたりはしない。

だから私からしてみれば、シャムロックは単なる鬱陶しい男でしかないのだ。

しつこく言い寄る面倒な男。彼のことは友人とは思っているがそれだけで、恋愛感情など抱いていない。

だって、幼い頃からずっとべったりで「好き」「好き」言い続けられてうんざりしているのだ。

鬱陶しいという感情が先に来るので、トキメキなんて起こるはずもなかった。

だが、そっけない私の態度がシャムロックには妙に嵌まったようで、自分の美しさに惑わされず、自らの意志を貫き通す私に、彼は更に執着するようになった。そして、放置していた私が悪いのだろうが、気づけば彼は、私の婚約者の座に落ち着いていた。

「姫様と結婚できるなんて夢のようです」

婚約が決まった時、彼はそう言い、私の身体を思いきり抱き締めた。

いるだけで人々に富をもたらす『神の寵児』は、その意向を汲《く》むことにより、更なる繁栄を約束されると言われている。

彼は私と結婚したいと父に望み、その希望が叶えられたのだ。

「……仕方ないわね」

ここに至り、私はあっさり諦めた。

彼のことは鬱陶しいと思っているが嫌いというわけではない。

それに十一年続いた執着が今更終わるとも思えなかった。彼はそれこそ私のことをおかしなくらいに愛しているのだ。それはこの十一年を共に過ごしてきたからこそ断言できる。

まあ、誰のせいかと言えば、最初に余計なことをした私の責任なのだけれど。

まさかあんな思いつきのような一言で、ここまで愛されることになるとは誰が思うというのだ。

ちなみにこの話を家庭教師にしたところ、爆笑され、「お見事ですが、自業自得ですね。責任を取ってあげて下さい」と言われた。

他人事だと思って、適当なことを言ってくれると歯がみしていたが、まさか本当に彼と結婚することになるとは考えもしなかった。

それだけシャムロックが私に固執していたという証拠でもあるのだけれど。

とにかく、嘆いていても仕方ない。

結婚は父の命令だし、決まってしまったのだから前向きに受け止めるしかない。

シャムロックが夫。

あのいつも私にべったりくっついているあの男が夫になるのである。

結婚したら、少しは私に自由をくれるだろうか。大事にしてくれるのは分かっているが、自由があるかどうかを考えると難しいかもしれない。

つくづく面倒なことになったものだと思うが、それほど気にしていなかった。なんとかなるだろうと楽観視していた。気心が知れた相手というのは、それだけで安心材料になり得るのである。

こうして私たちは婚約し、あとは半年後の挙式を待つだけというところまで来たある日の午後。

シャムロックが私を訪ねてきた。

幼馴染みで婚約者でもある彼は、ほぼ毎日のように私の機嫌伺いに来る。だから全く不思議に思わず、部屋の扉を開け、彼を迎え入れたのだが……何故か彼は腰に提げた剣を引き抜き、私に泣きそうな顔を向けていたというわけだ。

◇◇◇

「シャムロック？　一体何があったの？　とりあえず、その物騒な剣を仕舞って」

剣を握るシャムロックに愕然《がくぜん》とした私は、すぐに我に返り、彼に剣を仕舞うよう言った。

抜き身の剣は、彼が私を攻撃するはずがないと分かっていても恐ろしい。

全く自分とは縁のない鋭い刃先が怖くてシャムロックを諌《いさ》めたが、彼は言うことを聞いてはくれなかった。

それどころか、何故か私に剣を突きつけてくる。

「シャムロック……？」

何をされているのか、一瞬理解できなかった。

剣先がギラリと煌めく。それにぞくりとするような恐怖を覚えた。

逃げようとしても足が竦《すく》んで動けない。目を見開くしかできない私に、シャムロックは今にも泣きそうな顔を向けたまま、微笑んでみせた。

「姫様。死んで下さい」

「え……？」

頭が麻痺したように働かない。現状を正確に把握できないまま、私はのろりと彼を見つめた。

「どういうこと？　死んでって……」

「先ほど、陛下に呼び出されました。僕と姫様の婚約は破棄されるようです。代わりに姫様は、隣国の王子に嫁ぐのだとか」

「婚約……破棄？　どうして？」

口の中がカラカラに乾いていた。シャムロックの言う、全てが分からない。

私は、シャムロックに嫁ぐのではないのか。

頭の回転が極限まで鈍くなっている。逃げることすらできず、その場に立ち尽くす私に、彼は嫌になるくらい優しい口調で言った。

「姫様が僕よりももっと国にとって条件のいい男に嫁ぐことになったから、ですよ。陛下は、『神の寵児』同士を結婚させるのではなく、ひとりを手元に残し、もうひとりを国外に嫁がせることを決断したんです。『神の寵児』の話は、他国の人間も知っていますからね。繁栄を約束された『神の寵児』である姫をいただけるのなら、領土の三分の一を譲ってもいいと向こうはおっしゃられたようで。ええ、僕が陛下でも、僕ではなくその王子の下《もと》に姫様を嫁がせたいと思うでしょうね」

「……」

絶句した。

なんということだ。

確かにウィステリア王国に時折生まれる『神の寵児』のことは、どの国も知っている有名な話だ。領土を譲っても、それ以上のプラスを期待できると考えたのだろう。

そして父はその提案を呑んだ。

理由はなんとなく分かる。父は、私がシャムロックを恋愛の意味で好きではないと知っているから。これに尽きるだろう。

私は結婚相手など誰でも良かった。それを私から聞いて知っていた父は、それなら国に利益がある方へ嫁がせようと決断したのだと思う。

父の考えはよく分かったが、シャムロックが今、私に剣を突きつけている理由は全く分からない。

「僕はね、言ったんですよ。僕の望みは姫と結婚することだって。『神の寵児』である僕が望んだことだから叶えられて然るべきだと。婚約破棄なんて受け入れられないと。それなのに陛下は、『マグノリアの方はそなたを望んではいない。だからそなたの望みは受け入れられない』なんておっしゃって、全然取り合ってくれないんです」

「……そう」

想像通りの話に、私は頷くことしかできなかった。

否定しない私を見て、シャムロックが顔を歪《ゆが》める。

「ねえ、今更だと思いませんか？　姫様が僕を望んでいないことなんて、ずっと側《そば》にいたんだ。この僕が誰よりも一番よく分かっていますよ。それでも欲しかった。ずっと、ずっと。僕は姫様がいなければ眠ることすらできない。姫様の代わりなんて誰にもできない。ただ、姫様だけが欲しかったのに。それを叶えてくれると最初に約束したのは陛下だったのにっ‼」

血を吐くような、呪いを吐くような怨嗟《えんさ》の声に耳を塞ぎたくなってしまう。

シャムロックの瞳から涙が溢《あふ》れ、流れていく。

彼が泣いているところを見るのはこれが二度目だなと思ってしまった。

「シャムロック――」

「だから死んで下さい、姫様。僕と一緒に死にましょう。あなたを他の誰かに渡すことなんて僕にはできないし、あなたがいなければ生きている意味もない。一緒に死んで、来世でこそ一緒になりましょう」

「……！」

ようやく告げられたシャムロックの目的に、目を見張った。

心中しよう。そう、彼は言っているのだ。

私の意思なんてまるっきり無視して。

彼の顔を見れば、本気かどうかなんてすぐに分かる。

彼の青い瞳からは輝きが消え、正気でないのは明らかだ。

仄暗《ほのぐら》い穴蔵のような瞳からは涙が絶え間なく滑り落ち、白磁のような彼の頬を濡らしていく。

こんな時だというのに、そのあまりの美しさに一瞬、見惚れてしまった。

ああ、だけど。

何も映さなくなった空洞が私を見据える。次の瞬間、背中が震えるような殺気が私に向けられた。

――殺される。

分かっているのに足は地面に縫いつけられたかのように動かない。逃げることもできない私は、それでもなんとかしたくて必死に口を開いた。

「シャムロック、落ち着いて！　馬鹿なことを考えないで！　他に何か……きっと方法があるはずだから、だから今は――」

「他に方法なんてありませんよ。もう、陛下は婚約を破棄したんですから」

「あ」

「さようなら、姫様」

ブツリと何かがちぎれるような音。

熱さを腹に感じた。ほぼ同時に意識を失う。死んでいく私にとって、それはきっと、幸運だったのだろう。

痛みをほぼ感じることなくあの世に行くことができたのだから。

「姫様。僕もすぐにあなたの後を追います」

意識を失ったはずの私の耳に、優しい声が聞こえる。

こうして、私の十九年に亘る人生は、己の幼馴染みの手によって幕を閉じた。

第二章　繰り返される人生に嫌気が差している

——とまあ、こういうことだ。

今まで語った悲惨すぎる人生。無理心中による死。それが私の一度目の生の終わりだった。

一度目の生とはどういう意味かと思うが、それについては私もよくは分かっていない。

シャムロックに殺されてしまったはずの私は、気づけば八歳だった頃に戻っていたのだから。

最初は何が起こったのか全く理解できず、私はその場で高熱を出して倒れた。

一週間寝込んだ。そしてなんとか熱も引き、十分すぎるほど休息を取った私は気づいたのだ。

『信じがたいが、どうやら同じ生をもう一度やり直しているらしい』のだと。

「嘘でしょう」

気づいた時には、いよいよ頭がおかしくなってしまったのかと思った。

だってそうだろう。転生して記憶があるというくらいならまだしも、同じ人生をやり直しているというのだから。

マグノリア・クイン・ウィステリア。

以前の私と全く変わらない、記憶にあるままの私。

懐かしすぎる幼い容姿にも驚いたが、周囲にいる人たちの若い姿にもびっくりした。最初は、誰かひとりくらい私と同じように記憶を持っていたりするのかなと調べてみたけれど、そんなおかしなことになっているのは私だけだった。

皆、何も知らない。

知らないまま、人生をやり直している。

そういえば、前回私を殺した犯人であるシャムロックにも記憶がないようで、それらしい話題を振ってみても、全く反応がなかった。

なんということだ。前回の生で私を殺しておいて記憶がないなど腹立たしい。腹を刺されたあの嫌な感覚を私はいまだはっきりと覚えているというのに。

とはいえ、記憶のない彼を詰《なじ》っても仕方ない。この彼はまだ何もしていないのだから、怒るのは筋違いというものだろう。それくらい私にだって分かっている。

不思議に思いつつも、色々検証を重ねた私はそれならばと決意した。

もう一度人生をやり直せるのなら、あの悲惨すぎる終わりを回避してやる、と。

だが、そう上手くはいかなかった。

二度目の生。

なんと私は、前の生の最後でシャムロックに代わって婚約者になった、隣国の王子と婚約することが決まった。

前回の生と全く同じ人生を辿《たど》ると思い込んでいた私は、この話を聞き、拍子抜けした。

やり直しても、同じ結末になるとは限らないのか。道は決まっていないのだと理解し、驚くと同時にものすごくホッとした。

これならシャムロックに殺されることはないと確信したからだ。

前回、私がシャムロックに殺されたのは、婚約破棄されたことの絶望から。

だけど今回は違う。最初から私は隣国の王子と結婚することが決まっている。それなら彼も「取られた」とは思わないだろう。

——良かった。

シャムロックに殺されなくて済む。

もうそれだけで、私は隣国の王子と結婚するのが楽しみになっていた。

父に「喜んで嫁ぎます」と返事をし、笑顔で婚約を受け入れた。

◇◇◇

前回があんな終わりだったのだ。今回、私はシャムロックと徹底的に距離を置いていた。

変に執着されては堪らないと、最初の出会いの時も彼を慰めたりしなかった。

全ての始まりはあそこだと確信していたからだ。

出会いの時、彼に余計なことを言ったから私はその後、延々と彼に執着される羽目になったのだ。

それをやり直せると思った私は、熱が引いてから再度行われた彼との面会時、一言も喋らず、ただ、時間が過ぎるのを待ち、女官を呼んだ。

「彼、ずっと俯いたままで話にならないわ。下がってもらってちょうだい」

酷い女だと思うのなら思えば良い。

私は二度とシャムロックに殺されたくないのだ。

女官に連れ出されるシャムロックを見ながら私は「さようなら。今世ではあなたと友人になることはないわ」と心から思って送り出したし、清々するとさえ思っていた。

これでシャムロックとの縁は切れたと心底喜んだのだ。

それなのに！

気づけばシャムロックは私の側にいて、当たり前のような顔で侍《はべ》っている。

その瞳には私に対する恋情があり、間違いなく、執着を孕《はら》んだ大変なものになっている。

——なんでよ！　私、何もしていないんだけど！

気づいた時には絶望した。

何もしていないのに執着されるとか、一体どういうことなのか。

一度、彼にそれとなく聞いてみたところ、同じ『神の寵児』である私が毅然と皆に接し、人生を謳歌しているのを見て、思ったらしい。

『僕も、彼女のように生きたい』、と。

そして気づいたというのだ。

「僕は今まで誰のことも信じられませんでした。だけど姫様だけは不思議とずっと気になってて。

見ているうちに気づいたんです。姫様なら信じられるんじゃないかって……！　だって、姫様なら僕を利用する必要なんてないでしょう？」

キラキラした目で語られ、卒倒するかと思った。

なんということだろう。

彼はひとりで、前回の結論に達してしまったのだ。

――なんなの！　何もしなくても結果は同じなの？

信じられない。

私がこんなにも一生懸命シャムロックを避けていたというのに、その全ては無駄だったと、そういうのか。

「……勝手に私に縋《すが》らないで」

こうなればと、私は彼を強く突き放すことに決めた。

いくらシャムロックでも、拒絶されればそれ以上は近づいてこないだろう。そう思ったのだ。

だが、彼の神経は恐ろしいほど図太かった。

最早、昔の『誰も信じられない』と嘆いていた彼とは別人である。

私に何を言われても平然として側に侍ってくる。

「姫様のお気持ちは、分かってますから」

なんて言ってニコニコ笑っているのだ。

――ぜんっぜん！　分かってないから！

更には女官たちから小言を食らい、私は彼に対する対応を改めざるを得なくなった。

「慕ってくる者を突き放すなど、王女殿下ともあろう方がなさって良いこととは思えません」

「……そうね」

全くその通りすぎて、私はぐうの音も出なかった。

——ああもう、シャムロックが内向的だなんて、誰が言ったのよ！

完全な敗北である。

とはいえ、今回は前回とは違う。今世ではシャムロックではなく、隣国の王子が婚約者なのだ。シャムロックに王子と婚約することが決まったと告げた時も彼は「そうですか。僕が姫様と結婚したかったのですけど、仕方ありませんね」と物わかりのいい答えをくれたし、これならなんとかなるのではと思っていた。

大丈夫だ。今世は、前世のようにはならない。

状況が違うのだ。嫉妬に狂ったシャムロックに無理心中を図られることもないだろう。

そうして私は、十九歳になり、本格的に隣国へ嫁ぐ準備を始めた。

十九歳。前回私が死んでしまった年齢である。

不安はあったが、それでも気は緩んでいた。

だって私は隣国へ行くのだ。もうひとりの『神の寵児』であり、公爵家の御曹司である彼は間違いなくウィステリア王国に残る。つまり、シャムロックと完全に離れることができるのだ。

当たり前だが、私の中にはいまだ彼に殺された恐怖が残っている。だから彼がいない場所に行けば、落ち着いて人生を楽しむことができるのではないか。そんな期待もあった。

あったのだけれど。

「シャムロック様は私と婚約するはずだったのに！　あなたのせいで！」

久しぶりのお茶会。その席で、私は毒殺された。

本当に呆気なく。なんでこんな簡単に？　と思うくらいあっさりと。

どうしてこんなことになったのか。

消えゆく意識の中、犯人である侯爵令嬢がキャンキャンと騒いでいる。

「シャムロック様は隣国まであなたについていくとおっしゃっているの！　どうしてもあなたの側にいたいからって。だから私とは婚約できないって。あなたが好きだから、他なんて考えられないってそうおっしゃるのよ！」

だから邪魔な私を殺したのだと彼女は泣きながら言った。

『神の寵児』を殺したとなれば、その罪は計り知れないものになる。更に言うと、神罰も下るから、それこそ彼女は楽には死ねないだろう。それが分かっていても、彼女は私を殺すことを諦められなかったのだ。

恋に狂った女は恐ろしいとは言うが、それを心から実感した瞬間だった。

——まあ、仕方ないか。

二度目ということもあり、諦める気持ちは早かった。

私はここまでなのだろう。まあ、頑張った方ではないか、なんてことさえ考えた。

「姫様！」

どこから聞きつけたのか、シャムロックの悲鳴が聞こえた。彼が駆け寄ってくる。その足音を聞きながら私は二度目の生を終えた――。

◇◇◇

――うん。これが私の二度目の生だった。

正直、これでちゃんと死んだだろうと思っていた。死んで八歳まで戻るというのがあり得ない話だったのだ。普通は死ねばそれで終わり。今までこそがおかしかった。

だから私はある意味ホッとした気持ちで目を閉じたのだが……気づけばまた八歳に巻き戻っていた。

――嘘でしょ。

三回目とか、なんの冗談だ。

信じたくなかったが、現実はどこまでも残酷だった。

私はマグノリア・クイン・ウィステリアとしての人生をやり直すことになり、そしてまた十九歳で死んだ。

犯人はシャムロックでもあの侯爵令嬢でもなかったが、やっぱり十九歳を越えることはできなかったのだ。

――なんだか、呪われているみたい。

『神の寵児』である私が呪われているはずがないのだが、ついそう思ってしまうくらい、必ずと言っていいほど私は十九歳で死ぬ。

それから私は何度もマグノリアとしての人生をやり直した。それこそ、嫌になるほど。

だって強制的に巻き戻ってしまうのだ。放棄したくともできない。だからそれなりに一生懸命に生きるのだが、どうしたって十九歳になると、どこかで死んでしまう。

五度目の繰り返しの時は、父の信頼する騎士に降嫁することになったが、何故か破談になった。

そしてその後釜にはシャムロックが座った。

なるほど、いつもと逆だなと思いつつも受け入れる。

相変わらず結婚に興味はなかったし、好きな相手もいない。というか、五度も繰り返してすっかり疲れ果てた私に、誰かを好きになるような余裕などなかったのだ。

だからどうでもいいと放置していたのだが、それがいけなかったのだろうか。

ある日、婚約者だった騎士がやってきて「どうして私を捨てた」と責め立てた。

捨てた、なんて人聞きの悪い。私は父に「婚約は破棄した」と言われて頷いただけ。私から何かしたわけではないのに。

そう答えたが元婚約者の騎士は信じてくれなかった。

「私はあなたのことを愛していたのに。あなたと幸せな家庭を作れると信じていたのに！」

そう逆上した騎士に、呆気ないくらい簡単に殺された。

最初の生でのシャムロックを思い出すなあと思いながら私は死んだが、最後まで、どうして私が殺されなければならなかったのかは分からないままだった。

本当に、何故、私は死んだのだろう。

そして更に七度目。

七度目は今までとは大分違った。

城に出入りする商人と仲良くなったのだが、彼はあまり褒められた人物ではなかった。

シャムロックにも気をつけるように言われていたのだが、七度目で初めて交流することになった人物の存在に私はずいぶんと浮かれており、その忠告を適当にしか聞いていなかった。

その結果、私はうっかり誘拐された。

王都を案内するからこっそり抜け出そうと唆《そそのか》され、ついていった結果、商人の仲間たちに捕まった。そしてオークションにかけられる羽目になったのだ。

いるだけで富をもたらす『神の寵児』。

非合法でも欲しがる者はごまんといる。

神罰が下るということは分かっているはずなのに、『丁重に扱えば大丈夫だ』と自己解釈し、平然と私を売り払ったのだ。欲の前では神罰さえも意味を無くす。

きっと彼らが『神罰』の本当の意味を知るのはこれからだ。同情なんてしないけど。

だって私は彼らのせいで、今からオークションにかけられるのだから。

私は大きな黄金の鳥籠に入れられ、盛装しているかのような格好でオークションに出品された。

オークションに集まった者たちは、皆、ギラギラした目で私を見ている。

私を手に入れられれば裕福になれる。絶対に手に入れて見せると彼らの目は語っていた。

――神罰が下っても知らないから。

鳥籠の中、私は毅然と立っていた。人生七回目ともなれば、精神年齢はすでに三桁を超えている。多少のことでは動じないのだ。

とはいえ、己のこれからを想像すると、溜息のひとつも吐《つ》きたくなってくる。間違いなく今までの人生の中でも最悪の部類に入る結末になると分かっているからだ。

――私、どうなるんだろう。

自分が愚かだったせいでこうなったということは分かっている。どうせ最終的には死ぬのだろう。だけど、せめて死ぬなら楽に死にたかった。

「……」

客たちを見渡す。

やはり皆、同じだ。誰も彼も似たような醜い笑みを浮かべている。きっと落札した私をどうするかで頭の中はいっぱいなのだろう。

嫌悪しか抱けない。

――これなら、自死した方がマシね。

尊厳を踏みにじられるような死を迎えるくらいなら、自ら死を選ぶ方がいい。幸い猿ぐつわを噛まされているわけではないから、舌を噛み切れば死ねるだろう。

ものすごくキツそうな死に方だけど、まあ、それも自業自得と思えば仕方ない。

「……あら？」

一番後ろの席。客たちの中に、気になる人物がひとりいた。その男はフルフェイスの仮面を被っており、顔の形が全く分からない。髪の色は黒。

間違いなく、初めて見る男だが、妙に親近感というか、懐かしさを感じた。

——何？

どうにも気になり、もう一度、男に目を向けた。

男は私と目が合ったことに気づくと、一瞬だけ仮面を外した。

「あ」

彼はすぐに仮面を被り直してしまったが、私にはその一瞬で十分だった。

そこにはシャムロックがいた。

髪の色と目の色まで違ったが、あの恐ろしいまでの美貌は間違いない。彼だ。

多分、色が違うのは正体を悟られないため。

彼がどうしてこんなところにいるのか。

どう考えても答えはひとつしかなかった。

——私を助けに来たの？

わざわざ変装までして？

あり得ない。だけど、そうとしか思えなかった。

驚きすぎて声も出せない。さっさと自死してやろうと考えていたことなどすっかり忘れてしまった。

そうしているうちに、私のオークションは始まり、どんどん高値がついていく。

「二千万」

「三千万ジェル」

「三千五百万ジェルでどうだ！」

三千万ジェルというのは、一般市民の家族四人が、一生楽に生きていけるような額だ。皆が互いを牽制《けんせい》する中、シャムロックが手を挙げた。

「五千万」

その場の空気が凍る。

あり得ないほどの高額に、誰も他に手を挙げるものなどおらず、私はシャムロックに落札された。

「姫様、よくご無事で」

落札した私を自分の家の馬車に乗せ、無粋な仮面を取り払うと、彼は目を潤ませた。

狭い車内で床に膝をつき、座席に座った私をシャムロックは熱く見つめてくる。その瞳には私の無事を喜ぶ光しかなく、それがどうにも擽《くすぐ》ったく感じた私は、可愛くないことを言ってしまった。

「馬鹿じゃないの。私に五千万も払うなんて。私がこうなったのは自業自得なんだから放っておけば良かったのに」

嘘だ。本当は助けに来てくれて嬉しかった。

もう死ぬしかないと諦めていたところからの助けは本当に有り難く、私は心から彼に感謝していた。

……言葉にはできなかったけど。

何せ、七回目の今回も、シャムロックとの関係はあまり良いものではない。

彼とかかわると碌《ろく》なことにならないと何度か繰り返した生の中で学んだ私は、彼を徹底的に避けるようにしているからだ。

とはいえ、シャムロックは気づけば私の側にいて、いくら突き放してもやってくるのだが。

今世も勝手に付き纏《まと》い、好き好き言っていた。

その度に私は「お断りよ」と冷たく答えていたから、印象は最悪だったと思う。

それなのに危険をおかし、己の財産を投げうってまで助けに来てくれた彼に、私は本当に申し訳なかったと思っていた。

——酷い態度を取り続けた私を助けに来てくれるなんて……。シャムロックのことを誤解していたわ。

私に執着しているだけの男だと思っていたが、その認識は改めた方が良さそうだ。

私の可愛くない返しに、シャムロックが優しく微笑む。

「姫様の無事には代えられませんから。それに、たとえ一億と言われても払いましたよ」

「い、一億……」

公爵家の財力があれば用意できるのかもしれないが、それでもとんでもない額であることは間違いない。それをあっさりと払うと言ってのけたシャムロックが、少しだけ恐ろしいと思った。

助けられた私が言ってはいけないのだろうけれど。

「早く城に帰って、お父様に無事を報告しないと……」

ハッとした。こうしてはいられない。

だが、私が城に戻ることに、シャムロックは良い顔をしなかった。

「あの商人たちはまだ城に残っています。いまだ神罰は下らず。城に戻るのは、彼らが罰せられて安全になってからの方が良いのではありませんか？」

「そ、そう？」

もう二度と会わなければいいだけの話ではないのかと思ったが、シャムロックは頷かなかった。

「それでまた誘拐されたらどうするのですか。彼らはすでに一度罪を犯しているのですよ。一度犯せば二度も三度も同じ。自らの悪行が明るみになる前に、もう一度姫様を誘拐、もしくは殺す。そう考えてもおかしくないのでは？」

「そ、そうね……」

恐ろしい話だが、ない話ではないだろう。

「で、でも、それじゃあどうすれば……」

私が帰れる場所は城しかない。

途方に暮れる私に、シャムロックはレガクレス公爵家の屋敷の近くにある別邸に来ればいいと告げた。

「別邸？」

「はい。本邸のすぐ近くにあるのですが、僕ひとりで住んでいる屋敷です。そこなら誰にも見つかりませんから」

「シャムロックはひとりで住んでいるの？」

てっきり、本邸で家族と共に暮らしているのだと思い込んでいた。

尋ねると彼は気まずげに目を逸らしながらも肯定する。

「ええ。……恥ずかしながら、その、僕はあまり人を信じることができない質《たち》でして。ひとりで暮らす方が、気が楽なのです」

「……」

シャムロックの告白を、私は驚きつつも受け止めた。

彼が人を信じられないのは、知っている。知っているどころか、最初はそれが原因で彼に執着されることになったのだから、誰よりも詳しいと言っていいだろう。

今も彼は、人を信じることができない。

それをまざまざと見せつけられ、何も言えなくなった。

「……どうして姫様がそんな顔をするのですか」

黙り込んだ私をシャムロックが困った顔で見つめてくる。

「気になさらないで下さい。僕はなんとも思っていないんですから。だって僕には姫様がいる。姫様だけは信じることができるんです。だから僕は幸せです」

「幸せって……」

「昔は縋れるものなんてなかった。全部が信じられなかったんです。でも今は違う。それが幸せでなくてなんだと言うんですか」

「……」

本心から言っていることが分かり、ますます何も言えなくなった。

ただ、唇を噛みしめる。シャムロックから視線を逸らし、小さな窓に目を向けた。

馬車が動き出す。

目的地は、彼が言った通り、シャムロックの住む別邸なのだろう。

「……本当にいいの？　迷惑じゃない？」

今更と思いつつも確認した。シャムロックは立ち上がると、私の正面の座席に座る。

「ええ、僕が言い出したんですから。どうぞ落ち着くまでいくらでもいらして下さい。使用人は最低限しか雇っていませんし、本邸とは別で雇った者たちですから、父たちにバレることもありません」

「そう……それじゃあしばらく世話になるわ」

私を誘拐した商人たちが捕まり、安全が確保されるまで。

それはそんなに長い期間ではないだろう。それなら彼の言う通り、安全な場所に身を隠しているのは悪いことではないと思った。

——短い間だけだから。

そうして私は、彼の別邸に迎えられた——のだが、話はそれで終わらなかった。

シャムロックの住む別邸。そこに移り住んでからふた月が過ぎても、彼は私を城に帰そうとしなかったのだ。

何度帰ると言っても、頑迷に首を横に振る。

「シャムロック。いくらなんでも長すぎるわ。そろそろ城に帰らなければ」

「駄目です。城はまだ危険です。お願いですからここにいて下さい。ここにいてくれれば、僕が姫様をお守りできますから……」

「危険って……」

「お願いです。姫様。まだ、あの商人たちも捕まっていないのです」

「まだ？」

嘘だろうと思った。

だって私が彼に助け出されて二カ月だ。さすがにもう、王女の誘拐犯として捕らえられたものと考えていた。

目を見開く私に、シャムロックが申し訳なさそうに言う。

「どうにも逃げ足が早く、王都に潜伏しているようなのです。今、向こうに戻って彼らに見つかったら……」

「……そうね」

「どうか、このままここにいて下さいますよう」

「……分かったわ」

本気の顔でお願いされれば、それ以上出て行きたいとも言いづらい。

元々彼に落札されて助け出された身の上なのだ。後ろめたいというか、どこか申し訳ないと思う気持ちが私の中にあった。

「分かった。それじゃあもう少しだけ」

「おわかりいただけたようで良かったです。ありがとうございます」

胸を撫で下ろす彼。本気でホッとしている様子に嘘はなさそうで、私は早く商人たちが捕まればいいのにと心から願った。

こうしてシャムロックに匿《かくま》われていても、王女としての責務を忘れたわけではない。

やるべきことをやらねばならないし、そのためには城に帰らねばと思っていた。

そうしているうちにまた時は過ぎ、ほぼ軟禁状態と言っていい生活は半年を超えた。

まさか彼と半年も生活を共にすることになるとは思っていなかったからびっくりだ。

シャムロックは基本私の側から離れず、別邸から出ることも殆どなかった。

時折、どうしても出なければならない用事がある時だけは出て行くが、それ以外は屋敷にいて、私と過ごしていた。

穏やかすぎる生活。

シャムロックは城にいた時よりもよほど落ち着いていて、私に対して常に優しかった。

相変わらず私にべったりではあったが、他人がいないからか妙な嫉妬をすることもなく、ふたりきりの生活を楽しんでいるようだった。

私も感覚が麻痺してきたのか、最近ではこのままここで怠惰に暮らしてもいいのではという気持ちになってきた。

使用人たちが私をシャムロックの妻であるかのような扱いをしてくるのだけは気になったが、世話になっている身だ。蔑《ないがし》ろにされたわけでもないのに文句を言うのは違うだろう。

それでも一応「皆が私を奥様って呼んでくるの、なんとかならない？」とシャムロックに言ってみたことはあるのだが、「何か問題が？　僕はそれでも構いません」とか真顔で問い返されてしまい、私は「いや、構うに決まっているでしょう」と窘《たしな》める羽目になった。

私は王女なのだ。

勝手に結婚するなど許されない。

シャムロックはガッカリしていたがすぐに気を取り直し、「分かりました。じゃあ、もう少し待ちますね」と全然分かっていない感じだった。

だから私は結婚する気はないと言っているのに。

どうして、少し待てば結婚できると思い込んでいるのだ。正直言って、シャムロックのそういうところはちょっと怖い。

とはいえ、その辺りさえ目を瞑《つぶ》れば、今の生活はわりと快適だった。

私は死んだことにして、ここで余生を過ごしても良いのではないかとまで思えるほど。

いや、シャムロックと結婚する気はないのだけれども。

とはいえ、どうやらこの人生もそう上手くはいかないらしい。

それは珍しくも、シャムロックが留守にしていた時だった。

私は部屋でぼんやりとしていて分からなかったのだが、屋敷が火事になったのだ。

気づいた時にはすでに逃げることもできない状態。

屋敷の三階にいた私は見事に逃げ遅れ、煙を大量に吸い込み、最後は炎に焼かれて死んだ。

やはり十九歳だった。

私が死んだあと、シャムロックがどうなったかは知らない。きっと私の遺体に泣いて取りすがったか、無言で後を追ったかの二択だろうが、私には関係ない。

だって私はまた、やり直すことになるのだから。

「ああ……もう嫌」

巻き戻るまでのほんの短い間、私は大きな溜息を吐いた。

どうして私だけが、何度も何度もこんな苦しむ羽目になるのだろう。

死ぬのなら死んで、記憶も全部消えて次の生に向かってくれれば良いのに、訳も分からないまま同じ『マグノリア』の人生を何度も強制的にやり直させられるのはどうしようもなく辛かった。

とはいえ、私が文句を言ったところで、何がどうなるわけでもない。

私の意思とは関係なく、『もう一回』はやってくる。

八回目、九回目。そして十回目。何度も何度も私は人生を繰り返した。

そしてつい先ほど、私は都合十度目の人生を終えた。

理由は、崖からの転落死だ。

十度目の人生、私の婚約者はまた、シャムロックになった。

九回も死んでいればさすがに嫌気が差す。

すっかりやさぐれてしまった私は、もう婚約者なんていらない。独身を貫こうと考えた。

だが、利用価値の高い『神の寵児』である私を独身のまま置いておくことは周囲が許さず、気づけばシャムロックが婚約者の座に納まっていたのだ。

今までの私ならそれを「仕方ないこと」と頷いただろう。だけど今回ばかりは受け入れたくなかった。

何せ七度目の生で、私は炎に焼かれて死んだ。その時に思ったのだ。

私の死は、全てシャムロックが関係していると。

もちろん、直接的なものではない。

彼が本気でかかわったのは一回目の無理心中だけで、あとは無関係と言っていい。

だけど、思い返せば、全ての死因に彼が間接的に関係しているのだ。

シャムロックのことを好きな女性に毒殺されたり、彼に婚約者の座を奪われた男に殺されたり。

シャムロックの留守中に彼の屋敷で焼け死んだのが一番堪えた。

とにかく、だ。数え上げればキリがない。

全ての死因。そのどこかに彼がかかわっているのだ。

それに気がついた時にはゾッとした。

私の死神は間違いない、シャムロックだ。

そんな彼と結婚？

無理だ。できるわけがない。

また、何かで死んでしまうに決まっている。

だから私は逃げることを決めた。

シャムロックとは結婚したくない。その一心で城から逃亡した。

とにかくまずは身を隠そう。先のことはそれから考えればいい。

そうして私はシャムロックが追ってこられない場所へ行こうと、何も考えず城の近くにあった森に逃げ込み……そして不注意で崖から転落して死んだ。

◇

「……まあ、死ねて良かったのかもしれないわね」

つい先ほどの、己の死に方を思い出し、深く頷く。

何せ崖から落ちたのだ。中途半端に生き延びたとしたら、もっと酷い目に遭ったことは間違いない。

高所からの転落。当然骨はあちこち折れていただろうし、落ちた場所から動けず、痛みに呻《うめ》きながら死を迎えるとか、普通に可能性としてありそうだ。

それを思えば、一瞬で死ねた前の生は幸運だったのかもしれない。

自分がラッキーだなんて、全く思いもしないけれど。

「疲れたわ……」

ぼんやりと呟《つぶや》く。

次で十一回目か。ほとほと嫌気が差してきた。

目が覚めれば、また八歳からやり直し。

それを思うと、溜息しか出てこない。

「あら？」

いつもとは違い、いつまで経っても目覚めない。どうしたのだろう。私に何が起こっているのだろうと思っていると、目の前に見たことのない山小屋が現れた。

「？」

今までは、死ねばすぐに八歳のシャムロックと出会う直前まで戻された。それなのに今回はインターバルがあるとかどういうことだ。

不思議に思いつつも、見るからに怪しい山小屋の扉に手をかける。

「鍵は掛かっていないようね。不用心だこと」

そう言う私の方が考えなしなのではとも思うが、すでに死んだ身なのだ。

今更何が起ころうが、人生を何度もやり直しさせられるほど酷い目には遭わないだろう。そんな風に思っていた。投げやりになっている自覚はある。

「……本当、これ、なんなのかしら。……もしかしてだけど、私、死んでないとか？　……いや、ないわね」

あの独特の死の感触は忘れられるものではない。

ふうっと意識が深い場所に吸い込まれていく感覚。たとえようもないほど気持ちよく、全てから解放されるあの感覚は、今回も私を包み込んでいた。崖から落ちたこともしっかり覚えているし。

だから間違いなく死んだはずだ。

となると、今私がいるのは死後の世界というやつではないだろうか。

ということは、私はもう八歳からのやり直しをしなくても良いのだろうか。それなら誰でもいいからそう言って欲しい。

このまま死なせてくれるのなら死んでしまいたい。私はもう穏やかに眠りたいのである。

やり直しなんて望んでいない。

「……誰もいないわね」

山小屋の中に足を踏み入れる。私の他に人はいなかった。

中は簡易ベッドとタンス、そして本棚やダイニングテーブル、暖炉や毛足の長い絨毯《じゅうたん》といった、ごくごく当たり前のものが溢れた場所だった。

嵌め込み式の窓が二カ所。部屋の奥には簡単な調理スペースがある。玄関のすぐ横には斧《おの》や鋤《すき》といった農具が置いてあり、ひとり暮らしの山小屋というのがぴったりだった。

「なんなのかしら、ここ。死後の世界にしては変よね」

神の教えでは、死後は皆、天上の国で平和に過ごすとある。そこでは飢えることもなく、皆が幸せになれるのだとか。

だが、ここはそんな感じではない。

なんというか、ものすごく生活感が漂っているのだ。

「……もしかして、私にここで暮らせっていうの？　さすがに十度やり直したとはいえ、庶民の生活はできないと思うわ」

絶望しながら正直なところを呟いた。

これでも私は王女なのだ。そしてこれまでに十度生をやり直している勇者でもある。

記憶は全て持ち続けているし、色々なスキルだって身につけていた。

たとえば乗馬だったり、料理だったり、刺繍だったり。ある時は剣を握ってみたりと、人生をやり直す度、新たな趣味を持つようにしていたからだ。

楽しみのひとつも持たなければ、やっていられない。

その甲斐あって、何もできなかった箱入りお姫様の私は、なんでもできるスーパー王女様へとグレードアップを果たした。

元々私は『神の寵児』ということもあり、何をしてもそれなりの成果を出すことができる。

『神の寵児』は容姿だけでなく、その他の面でも基本能力値が高いのだ。

その利点を最大限に活かした私は、どの分野でも一定以上の結果を出した。今の私は、かなり優秀。わりとなんでもできると言いたいところだが、いかんせん山小屋で暮らすスキルというものは持っていなかった。

当たり前である。

どこの世界に、山小屋で暮らすためのスキルをわざわざ学ぶ王女がいるというのか。

「……本当にここで暮らさなければならないのかしら」

ぐるりと周りを見回し、溜息を吐く。

やり直させるのならやり直させる。死んでいるのならちゃんと天上の国に連れて行く。

どちらかはっきりさせて欲しい。

こういう中途半端なのが一番困ると思っていると、突然「やあ」という声が小屋の中に響き渡った。

「っ！」

「初めまして、でいいのかな？」

「だ、誰？」

びっくりした。

目の前にあるダイニングテーブルの椅子。そこにいつの間にか十四、五歳の少年が座っていたのだ。

いや、座っているというのは違うかもしれない。椅子の上であぐらをかいている。まるで自分の家にいるかのように寛いでいた。

貴族なのだろうか、仕立てのいい服に身を包んでいる。青緑色のジャケットがよく似合っていた。

床まで届くほどの長い銀色の髪に目が行く。瞳は青だ。容貌は、この世の者とは思えないほどに美しい。

「……」

圧倒されて声が出なかった。

冗談抜きで、今まで見てきた誰よりも美しいと思った。

全てを持っていってしまうほどの美。それがこの目の前の少年にはある。

『神の寵児』と呼ばれる私やシャムロックでも彼には勝てないだろうと確信できる、強烈すぎる美しさに私はただただ目を見張っていた。

「だ、誰?」

聞きながらも、気づいていた。

『神の寵児』よりも美しい、『神の寵児』と同じ色彩を持つ者など、ひとりしか思いつかなかったから。

そして何よりも、彼の持つ気配は、私が長年身近に感じ続けてきたものだったから。

彼は私の問いかけに、美しすぎる笑みを浮かべ答えてくれた。

「君はもう気がついているはずだよ。だって私を模したのが、君たちなのだから」

「ああ……」

穏やかに告げられた言葉、そして彼の表情を見て、やはりと思った。

反射的に跪く。その場に立ってなんていられなかった。

間違いない。

彼こそが、私たちの世界における創世神、クインクエペタ様だ。

「クインクエペタ様……」

頭を深く下げ、掠《かす》れた声で御名を呼ぶと、彼は「頭を上げて」と柔らかな声で命じた。

その響きには逆らいがたい力が籠もっている。この場は完全に彼によって支配されていた。

息をするのも辛いほどの張り詰めた空気に震えながらも、私は恐る恐る顔を上げた。

「っ……!」

深い叡智《えいち》の宿った瞳と目が合った。そのあまりの深さに、吸い込まれてしまうような錯覚さえ感じてしまう。

彼が、創世神。

まさか子供の姿をしているとは思わなかったが、神は姿を自由自在に変えることができると言われている。見た目で判断してはいけないのは、もう十分すぎるほど分かっていた。

だって、合わせた瞳から目を逸らせない。たった一目で完全に縫い止められてしまって、私は全身が金縛りにあったような心地を感じていた。

そんな私の様子を見て、クインクエペタ様が苦笑する。

「あまり私を見てはいけないよ。戻ってこられなくなるから。目は合わせない方がいい」

「あ……」

吸い込まれると思ったのはどうやら錯覚ではなかったらしい。

声を出すと、何かから解き放たれたように感じた。

未知の感覚に目を瞬かせる。言われた通り、視線を合わさないようにすると、クインクエペタ様は「うん、それでいい」と言った。

「その……クインクエペタ様」

「何？」

恐れ多いと思いつつも声をかける。優しい返事が返ってきて、ホッとした。

「発言していいよ。言いたいことがあるなら言って」

許可を得た私は緊張しながら口を開いた。こんなに緊張したのは生まれて初めてだった。

「……その……私の前にお姿をお見せ下さったのはどうしてですか」

今までに一度だって、彼が私の前に姿を見せたことはなかった。

当たり前だ。私は『神の寵児』であって『神子』ではない。

声を聞いたり、神降ろしをしたりはできないのだ。

それができるのは『神子』だけで、『神の寵児』はただ、神に特別愛されているというだけ。

気配を感じられるだけでも上々。交流がないのが普通なのだ。

神とはそういう存在だと分かっていたし、いつだって彼の気配を側に感じていたから不満はなかったが、どうして今、わざわざその姿を見せてくれたのか。それが不思議だった。

私の疑問を聞き、クインクエペタ様が苦笑する。

「本当は、出てくるつもりはなかったんだけどね。君が挫《くじ》けそうだったから、かな。特別」

「……挫けそう、ですか？」

クインクエペタ様の言葉が何を指しているのか、本気で分からなかった。首を傾げる私に、クインクエペタ様は優しい笑みを浮かべてくる。

「やり直すのはもう嫌だって思っていたでしょう？　でも、それは困るから。君には幸せになってもらいたいんだよ」

「……！」

クインクエペタ様が何を言っているのか、今度こそ完璧に理解した。

私の身に今起こっている謎の繰り返し現象。それを起こしているのがこの目の前にいる創世神だと、彼はそう言っているのだ。

「クインクエペタ様が……」

驚きはしたものの、私は彼の言葉に深く納得していた。人生を何度もやり直させるなんて神業、本物の神でなければできるはずがない。それに私は『神の寵児』。彼の力を誰よりも受けやすい立場にある。それなのに、何故今までその可能性に気づかなかったのか。

今までの繰り返しを起こしているのが目の前の創世神だと知った私は、彼と目を合わさないように気をつけながらもその顔を見た。

「……どうして、どうしてなのでしょうか？　私はもう十度生をやり直しました。それなのにまだ、やり直すことが必要だとおっしゃるのですか？」

「必要だよ。こちらにも色々と都合があるからね。君に不幸なまま、何も成さないまま死んでもらっては困るんだ」

「でも……」

縋るような声が出た。もう勘弁して欲しい。その思いが声音に表れてしまう。

「そんな声を出さないの」

クインクエペタ様が椅子から立ち上がり、私の近くへ来る。

「君が幸せになればこの繰り返しは終わる。約束するよ。だからもう少し頑張って欲しい。私はそう、君に言いに来たんだ」

「……幸せ、ですか」

言葉が上滑りするような気がする。

幸せ――。それは私が十度の生の中で一度も掴むことができなかったものだ。

いつだって私は幸せになることのないまま、十九歳という若さで命を終えた。そのことを思い出し、思わず唇を噛みしめると、クインクエペタ様が宥《なだ》めるように言う。

「幸せにさえなれば、もう二度と人生をやり直すことはない。お願いだよ、私の愛し子。可愛いマグノリア。私は君に幸せになって欲しいんだ。私の愛し子がその生を中途半端なところで終えるなんて、そんなの加護を与えた私が許せない。だから、ね？　もう少し頑張ってくれるかな？」

「……はい」

少し間は空いてしまったが、それでも私は頷いた。

クインクエペタ様は私たちの世界の創世神である。

私たちの世界、その基礎の全てをお作りになられた全知全能の神。尊きお方。その神に逆らおうなんて恐ろしいこと、できるはずがないからだ。

実際、目の当たりにしたクインクエペタ様は全てが神々しくて、拒絶の言葉など思い浮かびもしなかった。

クインクエペタ様が頑張れと言うのなら頑張るしかない。

それが神のお望みなら全力でやるしかないと、そういう気持ちだった。

私はその場に深く額《ぬか》づき、彼に誓った。

「クインクエペタ様のお望みのままに」

「ありがとう。直接話した甲斐があったよ。――じゃあ、頑張ってね」

その言葉を皮切りに、まるで夢から覚めていくような感覚が生じていく。

――ああ、目が覚める。

違う。八歳のあの時にまた戻るのだと思いながら、私はいつの間にか瞑っていた目をゆっくりと開けた。

「……あ」

これまでと同じだ。

目の前には女官がいて、にこにこと私を見ている。

「姫様。もうすぐ姫様と同じ『神の寵児』であるシャムロック様がお見えになります。陛下はシャムロック様と姫様が仲良くなられることをお望みです。おわかりいただけますね？」

「……」

現状を把握するのに少し戸惑ったが、すぐに落ち着いた。

だってこのやり直しのシーンはいつも同じだから。

十度も同じやり取りをすれば、台詞と同じだ。決められた通りの言葉が勝手に出る。

「ええ、分かっているわ。散々お父様に言われたもの。ちゃんとやる」

子供に戻ってしまった小さな手をギュッと握りしめる。

ここからだ。ここからもう一度始めるのだ。

クインクエペタ様のお望み通りに。

私の目的は幸せになること。

幸せにさえなれば、もう繰り返しは起こらない。

あの悲しくも辛い死の感覚を二度と味わう必要はなくなる。私は静かに眠れるのだ。

——頑張るしかないわよね。

先ほどまではもう嫌だ、頑張れないと思っていたが、今は違う。

神によって終わりの形が示されたことが、私に力を与えていた。

それに、十度ものやり直しを経た私は、ある意味当たり前だが、かなり神経が図太くなっていた。

あれだけ死を繰り返してきたのだ。普通の神経のままでは、とっくに正気を失っていたと思う。

死の感覚を何度も経験するというのは、それほど恐ろしいものなのだ。

まあ、今となれば良かったと言えるだろう。

だって私はこのループから抜け出さなければならない。狂っている暇も嘆いている暇もないのだから。

『幸せになる』

何をもって幸せと定義されるのかは分からなかったが、とりあえず死なないように頑張ろう。まずはそこから。

——とはいえ、その死なないことというのが、何より難しいのだけど。

自分の今までの人生を思い返し、溜息を吐きたくなる。

ともかくだ。目標は定まった。私は扉がノックされる音を聞きながら、今世ではどうシャムロックとかかわるか、それが全ての肝だと思いながら気合いを入れていた。

第三章　頑張ったって死ぬものは死ぬ

とりあえず、最初のシャムロックとの挨拶を適当に乗り切った私は、ひとりになってから、自室のベッドに転がった。

適当とはどういうことかと思うかもしれないが、適当は適当だ。

何せ、この十度の人生で思い知ったのだ。

シャムロックは何をしてもしなくても、気づけば私に執着している男なのだと。

だから最初の出会いを適当にしたとしても、彼に関して言えば、何も問題ないのだ。

どうせまたどこかで勝手に惚れているし、彼を助けなくても執着対象にされている。自惚《うぬぼ》れでもなんでもない。

言いたくはないが、彼はそういう男なのだ。

「どうしようもないことをいくら考えても仕方ないし。それくらいならもっと身になることを考えたいわ」

本当に、心からそう思う。

とにかく、やっとひとりになれたのだ。ここからは落ち着いて、『幸せになるため』の方策でも考えようではないか。

「はあ……」

柔らかなスプリングが身体を包み込む。精神はすでに疲れ切っていた。気分的には今すぐにでも眠ってしまいたいところだが、それよりも先に、これからの自分の方針を決めてしまいたかった。

「……幸せ。幸せね……」

改めて考える。

そうすると、どうあっても幼馴染みであるもうひとりの『神の寵児』シャムロックが邪魔という結論に至った。

それは何故か。

決まっている。

すでに気づいていることだが、私の死因はどれも全て、間接的にではあるが彼がかかわっているからである。

思い出せば出すほど、私にとっての鬼門が彼だということが分かる。

彼とかかわれば死ぬ。最早そういうレベルだ。

「……参ったわ」

何が問題かと言えば、彼がとにかく私のことが好きだということだ。

先ほども言ったが、彼は無視しても、構っても、嫌っても、何をしてもしなくても、気づけば私に惚れている男なのだ。

そして大概私に求婚し、なんとか実現しようと躍起になる。

その途中で私が死ぬのだ。

私の死の全てにかかわっていて、私に惚れきっている男、それがシャムロックだった。

「怖……」

改めて考えるとものすごく怖い。

そして、一度怖いと思ってしまうと、もう絶対に彼と結婚なんてあり得ないと思ってしまう。

むしろ彼とだけは結婚したくないと断言できるレベルだ。

かかわったら死ぬのだ。私がそう思ったとしても仕方ないだろう。

「……今回は、シャムロックとかかわらないようにしよう」

無視とかではなく、本当に、彼との接点を無くすのだ。

そうすれば、彼が私にうっかり惚れるようなこともないだろう。つまりは殺されることもない。

完璧ではあるまいか。

「さっき挨拶だけはしてしまったけど、それくらいならまあ……」

貴族が王族に挨拶に来るのはよくあること。珍しくもなんともない。許容範囲内だ。

「よし、そうしよう」

今世ではシャムロックと接点を持たない。

そう決めた私は、とりあえず休息を取るべく仮眠することを決めた。

◇◇◇

シャムロックと会わないように成長し、私はいよいよ問題の年、十九歳となった。

私はこの年になるとほぼ確実に死ぬ。

それは何故か。この辺りで結婚話が出てくるからである。

死ぬほど努力した結果、シャムロックとはあれから一度も会うことはなかった。

今の私は彼に毎日付き纏われることもなく、好きと言われることも、愛してると追いかけられることもない平和な日々を送っている。

「なんて、素晴らしい人生……」

今までシャムロックが側にいる人生しか送ってこなかったからこそ、自由が心に染みる。

この状況こそが幸せではないのかと疑ってしまうくらいだ。

「いつまでも今が続けばいいのに……」

シャムロックには悪いが、私は彼に対して相変わらず恋愛感情を抱いていないし、なんなら全力で避けたい相手として彼を見ている。

彼がいない今を謳歌することはあっても、寂しく思うことなどなかった。

十一度目の人生。これは当たりを引いたのではあるまいか。

彼さえいなければ私は幸せになれる。

そう思っていた私は、ある日父に呼び出された。

「マグノリア。お前の結婚相手が決まった」

言われた瞬間、「来たか」と思った。

今度は一体、誰が私の婚約者になるのか。シャムロックでなければ誰でもいいと思いながら父の話を聞いた。

私が嫁ぐことになる相手は、国内の、とある公爵家の御曹司だった。シャムロックではない。

それなりに見目が良く、真面目な印象のある青年だった。

「——実はずっとお慕いしていました」

「ありがとう、嬉しいわ」

婚約者と初めて会った時、彼は顔を真っ赤にして私に言った。

どうやら遠目に見た私に一目惚れしていたらしい。私と婚約することになり、とても嬉しかったのだと彼は赤い顔のままで私に言った。

——彼となら、幸せになれるかしら。

彼は私を大事にしてくれた。

何度もデートを重ね、愛の言葉を囁き、いつだって私を優先してくれた。

そんな彼となら、穏やかで幸せな人生を過ごせるのではあるまいか。

八度目のデートを無事に終えたあと、私はついに確信した。

——シャムロックの影もないし、変な邪魔も入らない。大丈夫。いける。今世は幸せになれる。

このループも終わりになるわ……！

いよいよ見えてきた私の幸せ。私はそれに全力で向かっていた。

婚約者との仲は順調。結婚式の日程も決まった。

そんなある日、結婚式の話し合いをするため彼の屋敷を訪れた私は、そこで地獄への足音を聞くことになった。

「お久しぶりです、姫様。シャムロック・クイン・レガクレスです」

「……は？」

その場に呆然と立ち尽くした。

公爵位を継ぎ、大人になったシャムロックがそこにはいた。

今まで全くかかわりを持たなかった彼。その彼が何故、私の婚約者の屋敷にいるのか。

驚きを隠せない私に、婚約者は言った。

「彼は、私の親友なのですよ」

「しん……ゆう……」

雷が頭を直撃したような、そんな衝撃があった。

――嘘でしょう？

ここまでシャムロックを避けていたというのに、まさか婚約者の親友として姿を見せるとか、一体誰が想像しただろう。

出会ってはいけない死神に出会い、ダラダラと冷や汗を流す私に、シャムロックが偽りのない笑みを向けてくる。

「子供の時以来ですね。ずっとお会いしたかったです」

「そ、そう……ね」

声が喉に詰まる。

シャムロックの目には、見覚えがありすぎる恋情が籠もっており、その目を見た私は深い絶望の淵に叩き落とされた気持ちになった。

――あ、駄目だわ。

この人生も終わった。そうとしか思えなかった。

だって私にとっての死神は彼なのだ。

彼がこうして出てきた以上、私に残された道は最早、死しかないのだろう。

しかし、子供の頃に一度会っただけの女に、熱の籠もった恋情を向けてくるシャムロックが相変わらず恐ろしすぎる。

彼は今回、一体いつ私を好きになったのか。

いや、考えるのは止めておこう。知りたくないし、きっと怖いだけだから。

私と会えて無邪気に喜ぶシャムロック。腰が退《ひ》けている私に婚約者は「シャムロックがあなたと会いたいと言うから呼んだんです」とかなんとか言っていた。

彼としては親友のためにと気を利かせたのだろうが、私からしてみれば、余計なことをするなと心から言いたい。

その思いは間違いではなかったようで、ある意味予想通りと言おうか、数日後には何故か婚約者がシャムロックに変わっていた。

「やっぱり……」

私にとってその知らせは、死へのカウントダウンとしか思えなかった。

なんとなくそんな気がしていたと項垂《うなだ》れていると、新たに婚約者となったシャムロックが私の部屋までやってきた。そうして目を輝かせて私に言う。

「子供の頃からずっとあなたに憧れていました。でも大人になって実際にお会いして……あなたを愛する気持ちが膨れ上がって我慢できなかったんです。どうか僕の求愛を受け入れて下さい」

「……」

顔が引き攣る。

照れながら言われたところでトキメキなど起こるはずもない。

だってこの男は友人から婚約者を奪い取っているのだ。それが、正当な手段であったとしても、倫理的に受けつけない。

「……彼は？」

「あれから会っていないので知りません。僕は陛下にお願いしただけですから」

「……そう」

諦観の念しか湧かなかった。

今回の父は、『神の寵児』同士を結婚させることに意味を見出したということなのだろう。

何回か繰り返せば嫌でも分かる。

父の優先順位は、一、他国の王族　二、シャムロック（神の寵児）三、国内貴族なのだ。

今回は他国からの婚約打診もないし、シャムロックもほぼ他人状態。だからこその元婚約者との結婚だったのだろうが、そこにシャムロックが出張ってきてしまった。

『神の寵児』の願いなればと、父は嬉々として頷いたのだろう。ここに外国からの求婚者が来ればまた結果は変わるのだが、今のところ父にとっての最優先はシャムロックらしい。

簡単に婚約者のすげ替えに応じた。

――お父様。

溜息も吐きたくなるというものだ。

第三王女なんて政略結婚くらいしか役に立たないのは事実だろうが、見事に父にとって都合のいい駒として扱われている。

とはいえ、私が本気で『この人がいい』と結婚相手を伝えれば、父も聞いてくれるのだと分かっている。私にそういう相手がいないことを知っているから、便利に使っているだけなのだ。

それは国王として正しいことだと思うので、嫌だとは思わない。

思わないけど、すっかりシャムロックという存在に嫌気が差しているので、「彼だけは勘弁して欲しかった」というのが本音だった。

あと、彼がかかわると、私はすぐに死ぬから。

今世もう終わりかと思うと、世も儚《はかな》みたくなってくる。

「……はあ」

「姫様？」

「いいえ、なんでもないわ」

ちらりとシャムロックの顔を見る。

シャムロックは、相変わらず直視するのも躊躇うような美貌を誇っていたが、そんなもので私の心が動くことはなかった。当たり前だ。

私にとってシャムロックは美しい死神。そういう存在であり、恋愛対象には最早なり得ない。

「終わったわね。……ふふ、いつ私は死ぬのかしら」

諦めの境地に達した私は、窓辺から空に浮かぶ雲を眺めていた。

そうして、いつ死ぬか、いつ死ぬかと構えていた私は、それから一週間後、元婚約者によって殺された。

まあ、ある意味予想していた通りの展開だ。婚約者がすげ替えられた時点で、そうなるだろうと思っていた。

だって、私の元婚約者は、私のことをとても愛していたのだから。

このまま彼が私を諦めるとは思えなかったのだ。

彼は涙を流しながら私の前に立ち、剣を鞘《さや》から抜き放った。

どこかで見たような光景だ。

「あなたを愛していたのに。シャムロックのことも大事な親友だと思っていたのに、全部あなたが悪いんだ。男を狂わせる毒婦め」

もう、笑うしかない。

私は命の危機を目の前にして、綺麗に笑った。

死を恐ろしいと思う気持ちなど、とうに麻痺してしまっている。

来るだろうと思っていた終わりがやっと来たという風にしか思わなかった。

「……どうして笑っているのです」

元婚約者が信じられないという顔をする。私は肩を竦めてみせた。

「さあ。笑いたいから笑っているんじゃないかしら」

「私はあなたを殺そうとしている。それなのに笑うんですか？」

「ええ。何かおかしい？」

徹頭徹尾、何もかもがおかしいと分かっていながらも私は聞いた。

「あなたはどうして私を殺そうと言うの？　私は何もしていないのに」

「私を裏切った。理由としてはそれで十分すぎるはずです」

吐き捨てるような口調で答えが返ってきた。

それを聞き、溜息を吐きたくなる。

ああ、やはりそれが理由か。

私は裏切った覚えなどない。シャムロックと新たに結ばれた婚約は、私のあずかり知らぬところで行われたものだ。

いや、父に本気で嫌だと訴えれば回避できたのかもしれないが、その場合は一度目の人生と同じ結末が待っているのだと思う。

あれだ。シャムロックと無理心中。

どちらにせよ彼に目をつけられた時点で、私には死ぬ未来しかない。

変わるのは、どう死ぬのか。それくらいだ。

「……」

「何も言わないのですね。私と話す言葉すら持たないと、そういうことですか」

言わないのではなく言えなかったのだが、彼にとってはどちらにしても同じだろう。

涙を流しながら元婚約者が剣を振りかぶる。

それをぼんやりと眺めた。剣の動きがまるでスローモーションのように感じる。

肩に感じる痛みに顔を歪めながら、無抵抗で私は死んだ。

◇◇◇

それから更に十五回くらい人生をやり直し、私は思った。

心から、シャムロックにかかわりたくないと。

だってどうあっても私の死にはシャムロックがかかわってくる。

それはもう、鬱陶しいくらいに確実に、彼が死因になる。

直接殺されるわけではないが、ここまで来れば、彼が私の死因と断言しても間違ってはいないと思うくらいだ。

「かかわりたくない……できれば、最初から最後まで彼とかかわりたくない。そうしたら私は幸せになれると思うのに」

心からそう思う。だが、それは不可能だった。

だって、巻き戻って最初に会うのがシャムロックなのだ。その時点で詰んでないだろうか。

どうせ巻き戻るのならもう少し前にしてくれれば良かったのに。

そうすれば、シャムロックに最初から会わないという選択肢が取れた。

一度も顔を合わせなければ執着されることもない。それが一番平和なのに、私が戻るタイミングはいつだって彼と会う直前で、逃げることすら許されない。

「どうすればいいんだろう……本当に、本当に打つ手がない……」

幸せになりたくても、シャムロックがいる限り、私に幸福は訪れない。

ギリギリと歯がみしながら人生をやり直す。何度も何度も殺され、その度に巻き戻った。

どんどん感覚は麻痺し、何も感じなくなってくる。シャムロックやその他の人たちにどんな感情を向けられても心は凍ったように動かず、ただ、淡々と人生をやり直すだけだった。

——だって、つまらない。

私の人生はどん詰まりだ。

十九年の生を繰り返しているだけで、その先にはどうあったって行けない。

もう私は殆ど諦めてしまっていた。

この酷いループは終わらないと、それなら頑張るだけ無駄ではないかと思ってしまったのだ。そうして私は、まるで人形のようになってしまった。表情は動かず、碌に喋りもしない。面白みの全くない女だ。それなのに、そんな私にすら執着してくるシャムロックが怖かった。

——おかしいんじゃないの。

何をしてもしなくても、シャムロックは私を好きになる。そうして彼の意思とは違うのだろうが、私を死へと追いやるのだ。

その死神は、私の側から決して離れない。いつだって幸せそうに私の側に侍り、そうして未来の約束を欲しがるのだ。

それを私が与えることはないけれど。

そうしてやってきた何十度目かの生。

なんと、その世界にはシャムロックが存在しなかった。

「嘘……シャムロックがいない？」

気づいた時には、何かの冗談かと思った。

それくらい信じられなかったのだ。だが、それは事実で、レガクレス公爵家には跡継ぎとなる子はおらず、『神の寵児』と呼ばれるのは私ひとりという状況。

はっきり言って、今までで最大級のチャンスだった。

「やるわ」

今までの人形のような自分をかなぐり捨て、私は立ち上がった。

だって、これは私に与えられた唯一の機会。

私の死因となるシャムロックがいない世界。つまりは、私が幸せになれる可能性がある世界なのだから。

「絶対幸せになってやるんだから」

私は自分に誓った。

今世こそは必ず幸せを掴み、そうしてこの絶望とも呼べるループを終わらせてみせるのだ、と。

そんな気持ちで挑んだ彼の存在しない人生。だけどそれは呆気なく幕を閉じた。

私は十歳にして流行病《はやりやまい》に罹《かか》り、あっさりと死んでしまったのだ。

いくら『神の寵児』といえど、病気に罹らないわけでも、怪我をしないわけでもない。

子供の身体に流行病は重くのしかかり、四十度近くの高熱を一週間出したあと、私は死んだ。

「嘘でしょう？」

なんということだ。こんな死に方をしたのは初めてで、何十度もの死を経験した歴戦の勇者である私も、さすがに今回のことについては唖然《あぜん》としてしまった。

ちなみにこの病気、実は毎回シャムロックが罹っていたりする。

彼が罹るのは私が病気になったのと同じ時期。私はシャムロックに近づいてはいけないと皆に諌められるので、うつることはない。

彼の場合は軽症で済み、数日で回復するのだが、私は運悪く重症化してしまったようだ。

「え？　シャムロックがいなければ、私が彼の罹る予定だった病に罹るって、そういう？」

しかも、重症化して死ぬとか。
全く笑えない。
わずか十歳での死亡。
彼がいれば私は十九歳で死に、彼がいなければ流行病で、十歳で死ぬ。
どちらにしても死ぬしかないという結論に、私は心底震えた。
こんな結末は嫌だ。
もう繰り返したくない。ループなんてごめんだと思った。
だけど私のループは私個人の意志でどうにかなるものではない。これは神の意志。
クインクエペタ様のご意志によって行われている、神の御業なのだ。
だから私は泣きたい気持ちを堪え、それからも何度も何度も人生を繰り返した。
幸せになるために。
そうならなければ、私のこの繰り返しは終わらないのだから。
けれどいつか限界はやってくる。
方法は変われども、毎回同じ『死』という結末に、私はすっかり疲れ果てていた。
感情が壊れる。麻痺する。
何もかもがどうでも良くなる。
だってシャムロックがいてもいなくても、私は死ぬ。どうあっても幸せになれない。
クインクエペタ様には申し訳ないが、もう諦めてもらえないだろうか。

私が『幸せになる』というのは無理な話なのだから。
くるりくるりと回り続ける私の人生。
逃れることのできない、出口のないメビウスの輪。
もう、数えるのも飽きた何十度目かの人生がまた始まる。
あと十一年しか生きられない人生が。
溜息を吐きつつ始まった、新たな私の人生。
「ああ、また始まるのね」
溜息ばかりが重くなる。
だけどそれが最後の人生になるということを、その時の私は知るよしもなかった。

第四章　シャムロックが別人のようになってしまった

いつも通り、八歳の時に戻ってきた。

これからシャムロックと挨拶をして、彼に纏わりつかれる人生が始まる。

何度か彼とかかわらないように頑張ってみたこともあるが、結果はいつも同じ。

どこかで彼に見つかり、そして理由も分からないまま執着される。

シャムロックと接点を持たないようにするのは、実はものすごく労力がかかるのだ。

その努力の結果が、何もしないのと変わらないのであれば、頑張るのも馬鹿らしい。

そういうわけで、彼とかかわらないようにすることはとうの昔に諦めていた。

いつも通り、彼が部屋の中に入ってくる。

十歳のシャムロック。

俯いた姿。表情は見えないが、どんな顔をしているのか何十度も彼と同じ会話を交わした私はよく分かっていた。

——さて、まずは名乗らないシャムロックを諌めるところからだったわね。

仲良くしろと、顔合わせをさせられたのだ。何もなく追い出すわけにもいかない。

面倒臭いなあと思いながらも口を開く。

さて、今世は何をしよう。

私は毎回新たな趣味を持つことにしている。前回は、石集めに嵌まっていた。地味だったが、あれはなかなかに楽しかった。

——そうね、今世はデザインでもしてみようかしら。

自分の着るドレスのデザインを己で考えるのはすごく楽しいだろう。

とはいえ、そのためには様々な技術が必要だ。ただ、着たいドレスの絵を描くだけというわけにはいかない。必要な勉強はたくさんある。今世も頑張らなければいけないなと考えていると、シャムロックが言った。

「シャムロック・クイン・レガクレスです。レガクレス公爵の第一子。姫様と同じ、『神の寵児』です」

「ん?」

私が聞く前に、なんと彼はきちんと自己紹介をしてきた。

そんなことこの数十度の人生で一度もなかったので、戸惑ってしまう。

——え? 怒られる前に自己紹介? この頃のシャムロックが? 嘘でしょう?

初対面時のシャムロックは、十歳にして完全な人間不信に陥っている。

虐められることこそないが、皆が自分を利用しようと近づいてくると、心を閉ざしているのだ。

それが自分を利用する必要のない私という人間に出会い、少しずつ周囲ともかかわっていくようになり、内向きな性格が変わっていくのだが。

「……」

自己紹介した今の彼は、ハキハキとした口調だった。

しっかりと私の目を見ている。その目には強い意志が宿っており、とてもではないが人間不信に陥っているようには見えなかった。

――え、シャムロックに何があったの？

私が戻ってくるのは、いつも同じ時間なので、それまでに何が起こったのか知りようもない。というか、今の今まで、ずっと全く同じように時間が進んでいると信じ込んでいたのだ。

だが、考えてみれば『同じ』という保証はどこにもないし、クインクエペタ様にも言われていない。

それにシャムロックがいない世界線だって存在したのだ。

今回はシャムロックの性格が少し違う世界なんだと理解してしまうのが良いだろう。

――ふうん。今回のシャムロックは人間不信ではないのね。

それならそれで有り難い。

何せ彼は、人間不信がマシになるまでの間、それこそ鳥の雛《ひな》のようにずっと私について回っていたのだから。

「姫様は僕を利用する必要がないから、信用できます。お願いですから、お側にいさせて下さい」

縋るようにこんなことを言われて、断れる者がいるのなら見てみたい。拒絶すれば人間性を疑われること間違いないだろう。

そして王女としては人間性を疑われるような真似をしてはいけないわけで……毎回心から『嫌だなあ』と思いながらも許可する他なかったのである。

だけど今回のシャムロックなら、もしかしたら私に執着することもないのではないだろうか。

だって、人間不信ではなさそうだから。

——なんてね。そんなわけないいって知ってるわ。

過度な期待はしない。

シャムロックが私から離れるなどあるわけがない。

どこまでも彼は私に付き纏う。私を好きだと、愛していると言い、私が自分以外と結ばれることを決して許しはしない。そういう男なのだ。

——さて、今回私はどうやって死ぬのかしら。

どうせ死因はシャムロックだろう。彼に惚れた女が逆上して私を殺すのか、私を好きになった男が泣きながら私を殺すのか、はたまた疲れてしまった私が自死するのか、どうなるのかは分からないが、死因にかかわってくることだけは間違いない。

「姫様？」

遠い目をして自らの考えに耽《ふけ》っていると、シャムロックが話しかけてきた。

ハッと我に返る。さすがに会話中に失礼だと思った。

「っ！　ごめんなさい。マグノリア・クイン・ウィステリア。この国の第三王女よ。私も『神の寵児』。私たちは同じ立場。良かったら、仲良くしましょう」

仲良くする気などさらさらないが、これが社交辞令というものである。

シャムロックは顔を輝かせ、「はい」と頷いた。

こうして私は多少変則的ではありながらも、シャムロックとの対面イベントを無事、こなしたのだった。

◇◇◇

シャムロックと数十度目の再会を果たして、十年ほどが過ぎた。

私は十八歳になり、死ぬまであと一年というところまできたのだが、この十年があまりにも予想外すぎて、困惑と喜びの入り交じったよく分からない日々を送っていた。

だけどそうなるのも仕方ない。だってシャムロックがとても『まとも』だったのだから。

『まとも』と言われても、どういう意味かと思うだろう。

順を追って説明すると、まず、今回の彼は、友人としての適切な距離を保ち、接してくれたのだ。

それが驚くことかと思うかもしれないが、今までが酷すぎた。

会えばすぐに私に惚れ、愛を囁き自分と結婚してくれとしつこく言い寄るのが日常だったのだ。

それが今回は違う。

好きだと言わない。結婚してくれとも言わない。

私の後をついて回るような真似もしない。

とはいえ、彼が私を好きなのはそのままのようで、時折、妙に熱の籠もった目で見つめてくることからもそれは間違いないと思う。

私を思う熱量はそのまま……いや、以前よりも深く。だけど彼はそれを決して私に押しつけようとはしなかった。

驚きである。

あの、彼が。シャムロックが、我慢をしているのだ。

——すごい。嘘みたい。

一体どこの誰だと言いたくなるが、私にとって有り難い展開であったので、黙って享受することに決めた。

友人として、適切な距離を保ってくれるシャムロック。私の行動を制限しない、周囲を牽制しない彼との付き合いは信じられないほど楽で、私は初めてまともに息ができた心地だった。

——なんて、なんて楽なのかしら！

今にも踊り出してしまいそうなほど嬉しかった。とはいえ、心のどこかでビクビクしてはいたのだけれども。

いつ、彼が私の知るシャムロックへと変化するか。それを考えると、脳天気に笑ってなどいられなかったのだ。

そうして喜びつつも彼を警戒し、日々を過ごしているうち、遅まきながらも私は気づいてしまった。

認めたくはないが、シャムロックがとても魅力的な人間であるという事実に。

どうして気づいたのかと言えば、余裕ができたから。

シャムロックが纏わりつかない生活は本当に楽なのだ。心にゆとりがあれば、冷静にだってなれる。そうすれば物事を正しく判断することもできるようになるのだ。

彼は公爵家の御曹司で私と同じ『神の寵児』という立場。そしてものすごく顔が良く、恐ろしいほどなんでもできた。

彼は剣の腕も一流だが、文官としての能力も高かったのだ。

彼の専門は言語学で、難解とされるウィステリアの古代語を軽々と操ってみせた。外国の言葉にも詳しく、外からの客が来た時は、彼は通訳としてもその存在感を高めていた。

もちろん、彼が賢いことは知っていた。

何せ、私は何十度も人生をやり直しているのだ。彼が言語学者として毎回、国に必要とされる人物となることは分かっていた。

剣の腕も剣聖と呼ばれるほどの実力者。

文武両道という言葉は、まさに彼のためにあるのではないだろうか。その上容姿も整っているのだから、反則みたいな男である。

だけど、その事実以上に私は私の後をついてくる彼のことが鬱陶しかった。

いつだってその存在だけで私を苦しめるシャムロック。そんな彼を色眼鏡なしで見ることなど私にはできなかった。

だが、今回、シャムロックは良識のある友人枠に収まっている。

まともな彼とまともに付き合う。そうすれば、今まで見ようともしてこなかったものが嫌でも見えてくるのだ。

彼がとても格好いいこと。そしてなんでもそつなくこなせる天才だということ。

そんな様々な、知識として知っているだけで知らなかった『シャムロック』を私は今更目の当たりにしてしまったのだ。

「……嘘みたい。シャムロックを格好いいと思う日が来るとは思わなかったわ」

己の感情のことながら「大丈夫か」と言いたくなる。

格好良く、頭も切れるシャムロック。そんな彼は当たり前だが、信じられないほどモテていた。

『神の寵児』で、公爵家の御曹司。文武両道で性格は穏やか。

そして、同じ『神の寵児』である私、第三王女との繋がりもある。

誰がどう見ても、国一番の優良物件であった。

そんな簡単なことに今まで気づきもしなかったのだから、私はよほど彼とかかわりたくないと彼に関する情報を仕入れてこなかったのだろう。

良好な友人関係を築けている今世だからこそ素直に受け入れることができたのだ。

そうして観察していれば、シャムロックが女性たちを片っ端から振っていることにも気づく。

シャムロックはいつも困ったように微笑み、彼女たちを上手く躱《かわ》していた。中には彼の家と同格の公爵家の令嬢や宰相《さいしょう》の娘など、結婚相手として最適ではないかと思われる女性たちも多数いたが、彼は絶対に振り向かなかった。

ただ微笑み、「申し訳ありません」というだけだった。

それを私は「勿体《もったい》ないな」と思いながら見ていた。

だって私としては、彼が誰と結婚しようが構わない。私を自由なままいさせてくれるのであれば、むしろそうしてくれた方が有り難いくらいなのだ。

——さっさと誰かとくっついてしまいなさいよ。

そして完全に私から離れてくれればいい。

そうすればもう彼が原因で死ぬことはなくなると思うから。

私の幸せを、本当の意味で探すことができるから。

この時私は、本気でそう思っていた。

◇◇◇

それから少し経った。

その日私は、ひとりで城の中庭を散歩していた。

城の中庭は私のお気に入りの散歩コースのひとつで、天気のいい日はよく花を眺めながら日光浴を楽しんでいる。

「いい天気ね……」

作業部屋に残してきたデザイン画を思い出す。今世の私は、当初考えていた通り、デザインの勉強を始めていた。

思っていたより地味な作業なのだが、楽しいので苦にはならない。今も、ドレスに入れる刺繍の模様について考えていた。

「ああ、良い匂い。久しぶりに遠乗りでも行きたいわね」

甘く華やかな香りに心が癒やされる。

趣味のことはひとまず忘れることにし、漂ってくる花の香りに集中した。

濃厚な花の香りも好きだが、私は濃い緑の香りも心が洗われるようで好きなのだ。

お気に入りは、王都から離れた場所にある丘。

訪ねる人は少ないのだが、緑の香りが心地よく、大好きなスポットだ。

今度、あそこまで馬で思いっきり駆けてみるのはどうだろうか。最近遠乗りもしていないし、たまにはいいかもしれない。そんな風に考えていると、後ろから声をかけられた。

「殿下」

「?」

男の人の声だ。記憶にない。

誰だろうと思い振り返ると、城で何度か姿を見たことがある男が緊張した面持ちで私を見つめていた。

すっと表情を引き締める。王女である自分を前面に押し出した。

「何かしら。私、ひとりになりたいと兵たちに言ったと思うのだけれど」

言外に邪魔するなと告げる。鋭く睨んだのだが、何故か男は頬を染めた。

その反応で嫌でも理解した。彼がなんのために私を呼び止めたのか。

だってもう何十度となく繰り返してきたことなのだから。

『神の寵児』であり王女でもある私は、冗談抜きでものすごくモテるのだ。

「……」

無視してしまいたいところだが、そういうわけにもいかない。

諦めて小さく息を吐き、男に向き直った。男はそれなりに整った顔立ちをしている。確か、エドラ・ガーデンという名前だったはず。侯爵家の御曹司だ。

男の名前を思い出していると、彼は笑みを浮かべ、名乗った。

「お初にお声がけさせていただきます。お姿は遠目からではありますが、何度か拝見させていただいたことが。私、エドラ・ガーデンと申します」

「……ガーデン侯爵家の方ね」

何十度もやり直しを経験していれば、貴族の名前と顔くらい全て覚えられる。

うんざりしながらも確認すると、エドラは嬉しそうに頷いた。

「ご存じでしたか。父が侯爵の位をいただいております。私は父の第一子となります。個人としては伯爵位をいただいておりますが」

「そう。それで、ガーデン侯爵家の方が私になんの用があって、わざわざ休憩しているところに声をかけてきたのかしら」

「それはその……」

頬を染め、照れた様子を見せる彼。私はやっぱりなあと思っていた。

クインクエペタ様から与えられた恵まれたこの容姿に一目惚れされることは少なくない。

いや、むしろ殆どがそうであると言えるだろう。

それを嫌だとは思わない。この容姿に生まれ、得をしている部分も多くあるのだと分かっているから。

だけどやはり外見だけで惚れられるのは気分が悪かった。

まあ、そういうところ、私も多少拗《こじ》らせているのだろう。

人間不信に陥ったシャムロックの気持ちも少しは分かるというもの。

とはいえ、言っても仕方ないことだ。エドラを改めて見ると、彼は真面目な顔を作り、私に言った。

「『神の寵児』たるマグノリア殿下にこのようなことを言うのはおこがましいと分かっております。ですが、どうかこの思いを伝えさせて下さい。私はあなたを愛しています。どうか私と結婚を前提に付き合ってはいただけませんか」

じっと私を見つめてくる目は真剣だったが、全くと言っていいほど私の心は動かなかった。

それも当たり前。

この手の告白はごまんと受けた。慣れているのだ。

「ごめんなさい。私はお父様の決めた方と結婚すると決めているのよ。どうしてもと言うのなら、父を通してくれるかしら」

酷い言い方かなとは思ったが、正直に思うところを告げた。

変な遠慮はしない。下手に期待をさせてもどうしようもないからだ。

まさかそう返されるとは思わなかったのか、エドラが焦ったように言う。

「何をおっしゃるのです。『神の寵児』の意志は絶対でしょう？　今、殿下は陛下のご意志に従うとおっしゃいましたが、そのようなことをなさる必要はないと思います」

「まあ、そうね」

エドラの言うことは当たっている。

国を繁栄に導く『神の寵児』の意志はできるだけ尊重するのが望ましいと言われている。

だけど――。

「私は『神の寵児』であると同時に『王の娘』でもあるの。そして『神の寵児』である私は、父である王に従うと決めている。何か文句があるかしら」

「……」

絶句という顔をするエドラ。

「そういうことだからごめんなさい。あなたの申し出には応えられないわ」

俯いてしまったエドラに申し訳ない気持ちになりつつも、話を終わらせる。

誰かに好意を告げられ、それを断る時、いつも私は酷い罪悪感に襲われた。

彼らは程度の差こそあれ、本気で私を思ってくれている。

それが、とてつもなく申し訳ないと思うのだ。

私は彼らに、応えられないから。

何十度も人生をやり直し、私の心は擦れてしまった。今更、告白のひとつくらいでときめくことも動揺することもない。

もちろん、恋なんて夢のまた夢だ。

「……」

エドラは黙り込んだままで一言も喋らない。

振られたのがショックだったのだろう。これ以上、何か言うのもよくないと思った私は、彼の前から立ち去ることを決めた。

「私、部屋に戻るわ」

散歩する気分ではすでになくなっていた。

エドラを残し、部屋に戻るため彼の側を通り過ぎる。突然、手首を掴まれた。

その瞬間、バランスを崩し、足を挫いてしまう。

「いたっ……」

倒れそうになったが、手首を掴む力が強くなったおかげで転ぶのは避けられた。

だが、エドラの方に手を放す気はなさそうだ。

「……痛い。何をするの」

挫いた足がじくじくとした痛みを訴えている。

これは早く治療をしなければ酷いことになると思い、彼の手を振り払おうとした。言っても聞いてもらえないのなら実力行使しかない。そう思ったからだ。

だが、エドラの力は強く、上手くいかない。焦った私は大声を上げた。

「ちょっと、放して！」

「……」

手を放すどころか、謝罪すら告げないエドラにイライラした気持ちが募ってくる。

どうして私がこんな目に遭わないといけないのか。

私はただ、散歩をしに来ただけだというのに。

「……して」

「え？」

小声だったのでよく聞き取れなかった。怪訝《けげん》に思い、エドラを見る。

エドラは俯いていて表情は見えなかったが、ボソボソと何かを呟いているようだった。

「何を言っているの？　とにかく、放してちょうだい。足が痛いのよ」

彼のせいで怪我をしたというのに、エドラは一向に手を放そうとしない。それどころか、更に強く握りしめてきた。

「痛い！　だから止めてってば！」

「どうして！」

「っ⁉」

エドラがバッと顔を上げた。そうして私を睨みつけてくる。

「どうして！　私はこんなにあなたのことが好きなのに！　どうして私を拒否するんです！」

「あ……え……？」

カッと目を見開き、訴えるエドラを私は呆然と見つめた。何が起こったのか一瞬、分からなかった。ただ、深い闇に染まった瞳に恐怖を感じていた。

——あ。

この目を私は嫌と言うほど知っていた。

私が殺される時、いつも彼らは決まってこの目をしているから。

負の感情に汚染されてしまったような、正気を失った瞳。

それを私は何度も見てきた。

シャムロックや元婚約者たちから何度もこの目を向けられ、そして殺されたのだから忘れられるはずもない。

——え、嘘でしょう。私、ここで死ぬの？

パッと見た感じ、エドラは武器らしきものを持っていない。だけどこの目を向けられて、今まで命が助かったことが一度もないのだ。この感覚が間違っているとは思えない。そう考えれば、この局面を乗り切れるとは思えなかった。

――今回は、上手くいくかと思ったのだけれど。

シャムロックが友人としての距離を保ってくれた今回なら、私は幸せになれるのではと期待した。

だけど現実は甘くない。

シャムロックがいなかった時と同じように、別の要因で命を落とすだけなのだ。

――ここまで来ると、何をどうやっても死ぬとしか思えないわね。

「……どうして笑っているんです？」

私の手首を摑んだエドラが、眉を顰《ひそ》めて聞いてきた。それに答える。

「別に。意味はないわ。でもそうね。何もかもが馬鹿らしくなったから、かしら」

言いながらも少しだけ驚いていた。

無意識で気づかなかったが、どうやら私はまた笑っていたらしい。

ものすごく嫌な話だが、死ぬ直前に笑う癖でもついたのだろうか。でも――。

――笑うしかない状況ってことよね。本当に嫌になっちゃう。

しかし、今回はどうやって殺されるのだろう。

武器はないようだから首でも絞められるのだろうか。絞殺は死ぬまでが苦しいから勘弁してもらいたいのだけれど。

できれば即効性の毒を仕込んだナイフでも隠し持っていて、一撃で殺してくれると有り難い。

そんな思いが表情に出ていたのだろう。エドラは嫌そうに顔を歪めた。

「……気味が悪い」

「あ、そう」

それはそうかもしれないが、そんな女に愛を告げたのはあなたではなかったか。

首を傾げつつ、殺すならさっさとしてくれと思っていると、中庭の入り口の方から焦ったような声が聞こえてきた。

「姫様‼」

「あ……シャムロック」

血相を変え、こちらに走ってきたのはシャムロックだった。彼は手首を掴まれている私を見ると、恐ろしい形相でエドラを睨んだ。

「貴様！　僕の姫様に一体何を‼」

「ちっ……殿下の腰巾着か」

今世のシャムロックは腰巾着というほどべったりではないのだが、それでも彼は皆からそう認識されているようだ。

シャムロックはものすごい力で私をエドラから引き離すと、自分の背に庇《かば》った。

「え……？」

「姫様は、こちらに。宜しいですね？」

「あ、はい」

勢いに押され、反射的に頷く。

シャムロックは私を庇ったまま、エドラに言った。

「貴様、今、姫様を手にかけようとしただろう」

エドラがピクリと肩を揺らす。彼はとんでもないとでもいうように大袈裟《おおげさ》に笑った。

「……まさか。私はただ、殿下とお話しさせていただいていただけですよ。あなたこそ酷い形相ではありませんか。筋違いの嫉妬は殿下に失礼かと」

笑みを浮かべながら答えるエドラだったが私は知っている。彼が何らかの手段を持って私を殺そうとしていたことを。

あの目は間違いようがない。

人を——私を殺すことを決意した目だった。

今までにそれと同じものを何十度となく見てきたのだ。勘違いのしようもなかった。

「シャムロック……。気をつけて」

逆上した人間は何をするか分からない。

それを知っていたからこその警告だったのだが、よりによってシャムロックに言うことになるとはと内心少し呆れていた。

——でも、彼は私を助けに来てくれたんだし。

さっきの焦りぶりを見てもそれは明らかだ。私が害されると思い、急いで駆けつけてくれたのだろう。有り難い話だ。

今世のシャムロックはとてもできた男だから、それも当然かもしれないけど。

そう思いながら注意を促すと、シャムロックは振り返り、頷いてみせた。

「ええ、分かっています。――エドラ・ガーデン。ガーデン侯爵の嫡男。ガーデン侯爵家といえば、最近投資に失敗して、多額の負債を抱えたと聞いている。姫様に近づき、再起を図ろうとでも考えたか？　『神の寵児』と結婚し、家を立て直そうと？　ふざけるな。姫様を私欲に利用する奴は、この僕が許さない」

私を庇い、エドラに宣戦布告するシャムロックは、控えめに言っても格好良かった。

元々恐ろしいくらいに整った容貌を誇る男だ。

子供の頃とは違い、大人になった彼は、まるで刃のような鋭さを滲ませる男へと成長していた。

玲瓏《れいろう》たる美貌に冷たい青い瞳は震えるほどに美しい。

それは同性であっても見惚れるレベルで、一瞬ではあるがエドラがシャムロックに気を取られたのが分かった。

自分でも気づいたのか、エドラは憎々しげに舌打ちをしていたが。

シャムロックに見惚れたことがどうにも許せなかったらしい。まあ……分かる。

私も今、シャムロックを格好いいと思ったことに、とても複雑な気持ちを抱いているから。

本人に記憶がないとはいえ、今まで散々迷惑をかけられた相手に見惚れるなど、正直馬鹿じゃないかと思う。

舌打ちをしたエドラは、気持ちを立て直したのか、シャムロックに向き直った。

「……お前にだけは言われたくない。シャムロック・クイン・レガクレス。殿下の良き友人の顔をしているが、それが仮初めのものだということくらい、皆が知っているのだぞ！」

「僕が姫様に好意を持っていることは、別に秘密でもなんでもない。慕わしい方のために動くことの何が悪い。――去れ。二度と姫様に近づくな」

「っ！　騎士きどりか！　殿下はお前のものではない！」

苦々しげに唇を噛み、エドラがシャムロックを睨みつける。シャムロックは平然と言い放った。

「もちろんだとも。姫様は僕が釣り合うような方ではない。僕の望みは、姫様に幸せになっていただくこと。ただ、それだけだ」

「……」

迷いなく告げられたその言葉を聞いて、私は何故か胸が締めつけられるような苦しさを感じていた。

お前が言うな、という気持ちにならなかったと言えば嘘になる。

間接的にではあるが、今までの私の死因ほぼ全てにシャムロックは関係しているのだから。

そのシャムロックに『幸せになってもらうことが望み』と言われても、と思うのは当然だろう。

だけど。

今のシャムロックに、良い友人関係を築いている彼にそう言ってもらえたことを、私は嬉しいと感じたのだ。

――泣きそう。

勝手に目が潤んでくる。

剣聖と称されるシャムロックと戦ったところで、エドラに勝ち目はない。

自らの不利を感じたのか、エドラはシャムロックを睨みつけたあと、その場を去って行った。

「あ……」

私を殺そうと決意した目から初めて逃れられたことに気づき、その場に頽《くずお》れた。

「姫様！」

「……ごめんなさい。安心したら気が抜けたみたい……いたっ」

忘れていた足の痛みが戻ってきた。

放置していたせいか、足は熱を持ち、ズキズキと脈打つような痛みを訴えてきている。

これはかなり酷いことになっているなと顔を顰《しか》めていると、シャムロックが「怪我をなさったのですか？」と心配そうな声で尋ねてきた。

「ええ。さっきエドラ・ガーデンに手首を摑まれた時にね。足を捻《ひね》ってしまって……」

「見せて下さい。どちらの足ですか？」

「右の足首よ」

患部の場所を告げる。

シャムロックが膝をつき、「失礼します」と言ってから、足首に触れた。彼は相当慎重にしてくれたが、軽く触れられただけでも叫んでしまうくらいには痛い。

「いたっ……」

「すみません。ああ、ずいぶんと腫《は》れていますね。下手に触って、より酷いことになっても大変です。姫様、侍医のところに参りましょう」

シャムロックの意見は至極尤《もっと》もだと思ったが、私は首を横に振った。

「動けないの。力が入らないから立つことも難しいと思うわ」

先ほどまでは殺されるかもという極限状態だったので気にしている余裕などなかったが、今は違う。すっかり痛みを思い出した私の足は、もう一歩も動けないと主張していた。

「だから悪いけど、ここに侍医を呼んできてちょうだい……って、え！」

「失礼致します。姫様」

会話の途中でシャムロックがひょいと私を抱え上げた。

「ひゃっ」

突然の出来事に目をぱちくりさせていると、シャムロックが言った。

「侍医を呼びに行くというのは、あまり良い手段だとは思えません。さっきの男がまた戻ってこないとも限りませんので。姫様をひとり残すわけには参りませんから、僕があなたを運びます」

「……そ、そう」

「申し訳ありませんが、しばらく我慢して下さい」

「え、ええ」

何故うろたえなければならないのかと思いつつも、頷く。

——っ！

シャムロックは私をまるで宝物に触れるかのように扱った。両手で抱え上げたまま、ゆっくりと歩き出す。

揺れるのが怖くて、彼の首に己の両手を巻きつけた。そうすると、体勢が安定するのだ。

「ありがとうございます。助かります」

「わ、私が迷惑をかけているんだもの……。でも、シャムロックって力があるのね」

彼の体格は細身で、外見だけでは筋肉があるようには見えない。でも、彼の剣の腕前を思い出せば、私ひとり抱えるくらいは余裕なのかもと納得した。

——変なの。

私を大事そうに抱え、王宮へ向かう彼をそっと窺う。

何度も生をやり直してきたけど、こんな風に彼と近づいたのは初めてだった。

シャムロックは焦れったいくらいゆっくりと歩いた。多分、私に揺れを感じさせないようにと気を遣ってくれているのだろう。

王宮内には近衛兵たちがいて、私が怪我をしたと知ると、慌てて「私どもが運びます」とシャムロックに主張したが、彼はその度に「僕が運びたいので」と微笑みながら断っていた。

「姫様をお連れする栄誉は僕だけのものでありたいのです。もちろん、姫様にお許しいただければの話ですけど。構わないでしょうか？」

「……別に、いいけど」

兵士でもシャムロックでも、私にとってはどちらも変わらない。だから頷いたのだが、心の中ではクエスチョンマークが荒れ狂っていた。

——なんなの。本当に別人なんだけど。

以前までの彼なら、絶対にこんな対応はしなかった。

もっと醜く独占欲を露わにし、私に近づく男を決して許しはしなかった。

「姫様は僕だけのものだ」とか「姫様の側にいていいのは僕だけ。そうですよね？」とか、正気とも思えない発言や行動を繰り返し、私を疲れさせていたのに。

私の機嫌をうかがってくる彼が別人に見えて仕方なかった。

いや、友人としての関係を築けている時点で、すでに別人なのだけれども。

でも、改めて思ったのだ。今までのシャムロックと今の彼は違うのだと。

そして違いを突きつけられる度、私の胸はなんだかものが詰まったかのような変な感じがして、苦しくなるのだ。

「姫様？　どうなさいましたか？」

黙り込んでしまった私が心配になったのか、シャムロックが顔を覗き込んできた。急いで取り繕い、笑みを浮かべる。

「な、なんでもないわ」

「本当に？　痛みが酷くなってきたとか、そういうのはありませんか？」

「ないわ。大丈夫よ」

「そう、ですか。それなら良いのですが」

安堵したように表情を緩めるシャムロック。柔らかな表情を見せる彼に、何故か心臓の辺りが『キュン』とする。

「は？」

――キュン？　だと？

思わず声を上げてしまった。だけど仕方ないだろう。

だって、キュンである。

キュンという音はトキメキの音。つまり、私はシャムロックにときめいているという結論になるのだから。

――え、止めてよ。私、シャムロックにときめいているの？　そんな馬鹿な。

あり得ない。そんなことあり得るはずがない。

だって、シャムロックだ。

最初の一回は彼と無理心中させられたし、そのあとは彼が間接原因となって何十度となく死んだ。私が幸せになれない原因と言っていいシャムロック。その彼にときめくなど本気で頭がおかしくなったのではないだろうかと思った。

――いやいや、ない。ないわ。

生まれて初めて異性にときめいたと思ったら、その相手がシャムロック。

馬鹿じゃないか。

少し優しくされたくらいでときめくとか、自分でも信じられないし、信じたくない。

――今までのことを思い出すのよ、私！　ほら、彼の別邸で炎と煙に巻かれた時のこととか！

腹を貫いた剣の感触とか！

「うん……無理」

思い出したら見事に気持ちが鎮静化した。

落ち着きを取り戻した私は深呼吸をひとつし、今起こった心の変化をなかったことにした。

そう、私がシャムロックにときめいたという事実は存在しなかった。

今世の彼は確かに私の友人だが、今までの彼は違うし、それをなかったことにはできない。

だからときめくなどあり得ないのだ。

——ええ、そうよね。

出した結論に納得する。

シャムロックが不思議そうに話しかけてきた。

「姫様、何か考え事ですか?」

「ええ。まあ、些細《ささい》なことよ。解決したからいいわ」

「そうですか。医務室に着きましたよ」

「あら」

結構距離があると思っていたが、時間が経つのは早いものだ。

いつの間にか医務室に到着していたと知り、私は目を瞬かせた。

「ありがとう、助かったわ」

「いいえ。姫様のお役に立てたのなら何よりです」

医務室の中に入る。床も壁も、全体的に白い。

窓は開けられていたが、薄いカーテンが掛かっていた。基本、健康に問題がある時には、侍医を自室に呼ぶのが当然なので、医務室を訪れたのはこれが初めてだった。

——ふうん、こんな風になっていたのね。

清潔感のある室内は、消毒液の匂いがした。

「どなたですかな?」

机に向かって書き物をしていた侍医が振り返る。たっぷりとした髭の老人。この人は、前国王の代から王宮の侍医として勤めており、確かな腕があると父や母からも信頼されていた。

名前は、ラドル・デリーン。元侯爵だが、すでに子供にその地位を譲っている。彼自身は、医者として生きるのが性に合っているらしく、今の生活の方が医療に集中できて楽しいと言っていた。

その侍医——ラドルは、シャムロックに抱えられた私を見て、目を丸くした。

「おや、姫様。どうなさいましたか」

「……恥ずかしい話なのだけれど、足を挫いてしまったの。立つのも難しかったから、彼に運んでもらったのよ」

どうして挫いたかは、申し訳ないけれど濁させてもらった。

男に言い寄られて逃げようとした際に捕まったなんて、さすがに格好悪すぎて話したくなかったのだ。

私にとってみれば、ささやかなプライド。だが、シャムロックはそれを許さなかった。

「姫様に言い寄った男のせいで怪我をなさったのです。全く、腹立たしい」

暴露された私は、シャムロックに怒鳴った。

「シャムロック！　どうして言うのよ！　恥ずかしいじゃない！」

「恥ずかしい？　何をおっしゃるのです、姫様。こういうことはきちんとするべきです。私は侍医に説明する必要があると思ったからそうしました。それとも姫様は彼を庇うおつもりですか？　ご自分が危なかった自覚はないのですか？」

「ぐっ……そ、それは」

軽くではあるが責めるように睨まれ、声が小さくなる。

シャムロックの言ったことは正しい。それが分かっていたから強くは言い返せなかったのだ。

俯く私に、ラドルが優しい声で言う。

「大変な思いをなさいましたな、姫様。ご無事で何よりです」

「……ええ。シャムロックのおかげよ」

彼が助けてくれなければ、今頃私は死んで、またやり直す羽目になっていただろう。その確信がある。

素直に頷くとラドルは微笑み、今度はシャムロックに言った。

「それでは、姫様をベッドの上に。あとはわしが診療しますのでな」

「はい」

ラドルの言葉に、シャムロックは素直に従った。

近くにあったベッドの上にそっと身体を下ろされる。シャムロックが深々と頭を下げた。

「それでは、僕はこれで失礼します。……やることがありますので」

「ええ。今日はありがとう。本当に助かったわ」

改めて礼を言う。シャムロックは「大したことはしていません」と律儀に返し、足早に医務室を出て行った。

その後ろ姿をなんとなく見送る。

扉が閉まったあと、ラドルが揶揄《からか》うような口調で言った。

「もう、彼は行ってしまいましたぞ。ずいぶんと熱い目を向けておられましたが。惚れなさいましたか？」

「ち、違うわよ！」

『惚れた』などと妄言を言ってくるラドルに即座に否定を返した。

――私がシャムロックに惚れる？

あり得ない。そんなことは世界がひっくり返ったってあり得ないのだ。

確かに先ほど、少しばかりときめいてしまったかもしれない。だけどあれは、あくまでもほんの少しグッときてしまっただけで、惚れたとかでは絶対にないのだ。

そう、私の知っているシャムロックとは全く違う対応に、ギャップを感じてときめいてしまっただけで、それ以上の意味などない。あってたまるものか。

「全然違うから。妙なことは言わないでちょうだい」

「おやおや。姫様にかかれば、もうひとりの『神の寵児』も形無しですな。彼も姫様と同じでとてもモテるようですぞ？」

「知っているわ。あの容姿で、公爵家の御曹司なのだもの。当然よね」

むしろモテないと言われた方が疑うレベルだし、彼がモテているところは幾度となく目撃している。

私がムッとしていると、ラドルは笑いながら「姫様にもついに春がやってきましたか」と言った。

だから春なんて来ていないというのに。

私は彼を友人のひとりとしか思っていないし、誰かと結婚するならさっさとすればいいと思う。

そう、できれば今すぐにでも！

そういうことを力強く主張すると、「ええ、ええ、そうでしょうとも」と余計に笑われてしまった。

感じが悪い。

「ちょっとねえ」

「姫様、触りますぞ」

「っ！」

文句を言おうとしたところで診察が始まってしまった。痛めた場所に触れられ、顔を歪める。

ラドルが痛ましげに言った。

「捻挫ですな。かなり腫れているようで。これは痛いでしょう」

「……ものすごく痛いわ。さっきよりも痛みが増しているみたい」

正直に告げると、ラドルは真剣な顔で頷いた。

「怪我をした直後は、一種の興奮状態になります。痛みの感覚が麻痺していることも多いですからな。それが解けて、本来の痛みを感じ出しているのでしょう。ふむ、全治二週間といったところでしょうかな」

「……結構かかるのね」

三日くらいでなんとかなるかなと勝手に考えていた。

しかし二週間か。その間殆ど動けないと考えればかなり不便だ。

その思いが顔に出ていたのだろう。ラドルに窘められてしまった。

「捻挫を甘く見てはなりませんぞ、姫様。治るまでは部屋で大人しくなさっていて下さい。毎日午前と午後に往診に伺いますからな。診察すれば静養していたかどうかは分かります。バレないと思って、無茶をなさらないように」

「わ、分かったわ」

医者の顔で言われてしまえば従うより他はない。頷くとラドルは貼り薬を取り出し、患部に貼りつけた。

「冷たい……」

白い貼り薬はひんやりとしていたが、すぐに肌に馴染み、気にならなくなった。むしろ薬の成分が染みていく感じが心地よいと思える。

ラドルは貼り薬の上から丁寧に包帯を巻き、処置を終えた。

しっかり包帯が巻かれているのを見ると、まるで大怪我をしたみたいだ。なかなかに格好悪い。

「これで宜しいでしょう。では、次は明日の朝、お部屋までお伺い致します。姫様、お部屋まで兵士に送らせますが構いませぬな？」

「？　ええ、それはもちろんだけど」

こんな状態ではひとりで歩くなど不可能だ。

だから誰かに部屋まで運んでもらわなければならないのは分かっていたが、どうしてわざわざ確認するのだろう。

疑問が顔に出ていたのか、ラドルがにやりと意地の悪い顔で笑う。

「いえ、先ほどの彼を呼び戻した方が良いのかと思いましてな」

「……ラドル」

まだ蒸し返してくるのか。

私は若干イラッとしつつも否定を返した。

「違うって言ってるじゃないの。シャムロックはただの友人で、それ以上でもそれ以下でもないの」

「ほっほっほっ。それは失礼致しました。年を取ったせいか、物忘れが激しくなりましてな」

「平然と嘘を吐かないでちょうだい」

げっそりした。

彼に限ってそんなことあるわけがないし、もし発言が事実だとすれば、王宮の侍医なんて続けられるわけがない。今も昔も彼は王宮の侍医、第一席なのだ。その実力は本物で、まだまだ私たちの主治医は彼のままなのだと思う。

ラドルを睨《ね》めつける。彼は肩を竦めるだけで気にした様子もなかった。

「もう……」

「まあ、どちらにせよ、彼を呼び戻すのは無理でしょうから兵士の誰かに送ってもらうしかないのですが」

「？　どういう意味？」

別にシャムロックに送ってもらう必要はないのだが、言い方が引っかかった。

侍医を見る。彼は笑っていたがその笑顔はどこか怖いものに思えた。

「何。姫様に怪我をさせた男を、彼がそのまま放置するとは思えないというだけです。もちろんわしもその意見には大いに賛成したいところですな。国の宝とも言うべき『神の寵児』である姫様に傷を負わせておいて無罪放免など、誰も許しはしません。今頃は陛下に話がいっていることでしょう」

「えっ……」

それは想像していなかった。

私としては殺されずに済んだだけで満足だったのだ。確かに怖い思いはしたが、捻挫で終わったのなら万々歳。そう思っていたのに。

とはいえ、侍医の言うことも分かる。

王族に怪我をさせておいて無罪放免などあり得ないというのはその通りだからだ。

きちんと罰しないと、王族が舐められることになる。それはしてはいけないことだ。

「……彼、どうなるのかしら」

罰するなとは言えない。気持ちを切り替え、尋ねた私に、ラドルは平然と返した。

「それは姫様が知る必要のないことですな」

「……ええ、そうね。その通りだわ」

シャムロックが父に報告した。それに対し、罰を下すのは父だ。

私の意見が聞かれることはないし、どうなったか聞いても話を逸らされるだけだろうと分かっていた。

『神の寵児』と言われていても、所詮は嫁ぐくらいしか役目のない第三王女。

私に秘密で行われていることはいくらでもあるのだ。

それを悲しいと思ってはいけない。

「……」

「姫様が落ち込むことはありませんぞ。姫様は被害者なのですから」

「……ええ、そうね」

ラドルの言葉に頷きを返す。

その通りだとは思ったが、納得できたかと言えば別問題だ。

やりきれない思いに唇を噛みしめていると、ノック音が聞こえた。ラドルが破顔する。

「さあ、迎えがきたようです。部屋で安静になさっていて下さい。痛みが酷くなるようならばこれを。痛み止めです」

「え、あ、ありがとう」

侍医から痛み止めを受け取る。やってきた兵士に「失礼します」と抱え上げられた。

「っ！」

先ほどシャムロックがしてくれたのと同じ体勢だということに気づき、胸がざわついた。

そしてそんな風に思った自分に舌打ちしたくなる。

――さっき、ラドルに揶揄われたから過剰に意識しているんだわ。最低。

「……」

深呼吸をひとつ。努めて意識しないようにする。

横抱きに抱え上げられた私は、兵士の胸に大人しくもたれた。こういう時は身体をしっかりと預けてしまった方が抱える方も抱えられる方も楽なのだ。

「あ……」

兵士から漂ってきた匂いに、思わず反応してしまった。

「どうなさいましたか？」

兵士が不思議そうな顔で聞いてくる。

「な、なんでもないわ」

否定の言葉を返す。心の中は荒れていた。

ちょっと自分が信じられなかった。

兵士の匂いが臭かったわけではない。ほんのりとしたムスクの香りで、上品な匂いだったと思う。

王宮の兵士は貴族階級の者も多い。そういう兵士たちは総じて身なりに気を遣っていた。彼もそのひとりなのだろう。

だけどその匂いが、シャムロックのものと違うことに気づいてしまい、今、私を抱き上げているのが彼でないことに猛烈な違和感を覚えてしまったのだ。

シャムロックは体臭が薄いというか、ほぼ無臭。

彼とは違う。そのことがこんなにも気になってしまい、気になった自分にとてつもない恐怖を感じていた。

――止めてよ。なんなのよ、これ。

自分に起こった突然の変化が信じられないし、理解できない。

ただ、シャムロックに助けられ、医務室まで抱いて運んでもらっただけ。

それ以上のことなど何もなかったのに。

それだけなのに、どうしてこんなにも彼を意識しなければならないのか。

相手は『あの』シャムロックで、私が一番避けるべき、誰よりも近づきたくない男だというのに。

格好いいのは知っていた。能力値が高いのも知っていた。

実は結構優しいのも知っていた。そしてそれが、私に対してだけだということも知っていたけれど。

それでも、彼だけはないとずっと思ってきた。それは何故か。

彼とかかわれば私は死ぬから。

だから、私にとって死神とも言える彼と離れたかったし、好かれるのは怖かった。

彼が私を好きであればあるほど、死の気配は近づいてきたから。

だから今世で、初めて適度な距離を取ってくれたシャムロックに私はとても感謝していたし、そのままこの関係が続けばいいと思っていた。

友人のままなら、私はきっと死なない。そう確信していたからだ。

親しい友人としての距離を保ったまま、父の決めた誰かと結婚し幸せになる。

そしてシャムロックも、私ではない誰かと結婚し、幸せになる。

それがやり直しから逃れるための唯一のシナリオだと、最近では確信し始めてきたところだったのに。

今でも、それが絶対の正解と言い切れるのに。

「嘘でしょ……」

ほんの少し、それを嫌だと思ってしまっている自分がいることに気づいてしまった。

最悪だ。

「……ない、ないわ……彼だけはないのよ」

必死で自分に言い聞かせる。

本当に私はどうなってしまったのか。

怪我どころではなくなってしまった私を、ラドルが優しい瞳で見つめていたが、正直いって、それを指摘している余裕など私にはなかった。

シャムロックを意識しているかもと気づいてから、ひと月ほどが過ぎた。

その間に足の怪我は無事完治し、引き籠もり生活にすっかり飽きてしまった私は、ストレスを発散するべく、遠乗りをしようと計画を立てた。

馬に乗り、思いきり駆ける。そうすれば、この溜まりに溜まったストレスもきっと飛んでいくだろう。そう思ったのだ。

◇◇◇

そうして準備を整えたある日の朝、私はひとり厨房に向かっていた。

厨房は王宮の地下にあり、普通王族は近づかない場所。実際、地下を歩いていると、女官たちにはギョッとした顔をされたし、中には「どうなさいましたか？」とわざわざ確認してきた者もいた。

「姫様がこのようなところに……」

そう言ってきたのは私づきの女官のひとりで、私は彼女に自分の要件を告げた。

「少し厨房に用事があるだけなの。用が終わればすぐに退散するから気にしないでくれると嬉しいわ」

「さようですか……」

厨房になんの用が？　と顔に書いてあったが、それ以上は聞くべきではないと思ったのだろう。

用向きを尋ねてきた女官はすぐに引き下がった。

そうしてやってきた厨房。

こんなところまで何をしに来たかというと、お弁当を作ろうと画策していたのだ。

お弁当。

普通の王女なら絶対に作れないと思う。

調理技術など王女には必要ないし、そんなものを学ぶ暇も時間もないからだ。

だが、私は違う。

何度も人生を繰り返してきたのだ。その中では、趣味が料理だったこともある。自慢できる程度には上手いという自負もあった。

「お邪魔するわね」

「ひ、姫様!?」

「姫様が何故厨房に?」

厨房に顔を出すと、料理人たちは一斉に悲鳴を上げた。

来るはずのない王族が姿を見せたのだ。厨房は大混乱に陥ったし、作った料理に問題があったのかと皆、青ざめた。

「ええと、違うの。誤解しないで。あなたたちの料理は今朝も完璧だったわ」

まずは誤解を解かなければ。

私は申し訳ないと思いつつも、用向きを話した。

私がお弁当を作りたいと言うと、料理人たちは怒られるわけではないらしいとホッとすると同時に、全員同時に首を横に振った。

「とんでもありません！　姫様が料理なんて！」

言われるだろうなと思ったそのままの言葉を言われた。

やっぱりなと苦笑し、皆に言う。

「大丈夫よ。慣れているもの」

私としては、手慣れた作業だ。だが、料理人たちはなかなか頷いてはくれなかった。

「包丁を持ったこともない方が何をおっしゃっているのです。お弁当でしたら、自分たちが作りますので」

そう言って断ってきたのだが、それでは意味がない。

「ごめんなさい。私が、どうしても作りたいのよ」

彼らに作ってもらうのが筋だということはもちろん私も分かっている。だが自分で包丁を握って、お弁当を作るという行為自体を今日は楽しみたかった。

「何かあってもあなたたちが罰を受けることはないと約束するから。ね？」

「ですが……」

怪我をされては困るという顔をしていたので、罪に問われることはないと言ってみたのだが、それでも大分渋られた。

結局、時間をかけて説得し、私はなんとか厨房の隅を借りることに成功した。

説得に時間を要したので、急いで調理を始める。

もちろん、使っても問題のないものを聞いてからである。予定していたものを勝手に使われると困るのは経験上知っているのだ。

「姫様……」

私にとっては慣れた作業でも、彼らからしてみれば『姫様の初めてのお料理』である。放っておいてくれて良かったのだが、大勢の料理人たちがハラハラしながら、私の動きを見守っていた。

——まあ、仕方ない、か。

彼らは、私の腕前を知らないのだから。

気にしないことにし、鶏の下拵《したごしら》えを始める。手際良く作業をしていると、これなら大丈夫だと判断されたのか、徐々に見守りの人数が減っていった。

皆、自分の作業があるのだ。私だけに構っているような時間はない。

とはいえ、何かあっては困るからか、ひとりは残されてしまったけれども。

そのひとりは、感心したような口調で私に言った。

「……姫様、お上手ですね。初めて包丁を持ったようには思えません。それとも『神の寵児』にはそのような能力まで与えられているのですか？　だとしたら羨ましいなあ」

馬鹿なことを言っているのは、下っ端の新人料理人だ。作業を抜けても一番困らない人物ということなのだろう。

私は作業を続けながら、彼に返した。

「さすがに『神の寵児』にそんな能力はないと思うけど。これは私の趣味のひとつなの」

「趣味？　姫様のご趣味はドレスのデザインだとお聞きしておりますが……？」

今世ではね、とは言えないので曖昧《あいまい》に笑って誤魔化す。

あまり突っ込まれると答えに困るのはこちらの方なのだ。

それからも彼は色々話しかけてきた。私はそれに適当に答えつつ、お弁当を完成させ、借りた場所を綺麗に片付けてから皆にお礼を言って厨房を後にした。

「厨房を使わせてもらうまでは大変だったけど、久しぶりの料理は楽しかったわ」

手には大きなバスケットを持っている。中にはチキンやサーモンを使ったサンドイッチなどが入っていた。

ウキウキとした気持ちで部屋に戻る。

今日は遠くまで馬を走らせようと考えていた。お昼は、目的地でもある丘の上で食べる予定。そのためにわざわざお弁当を作ったのだ。

女官たちを呼び、乗馬用の服を用意させる。

昨夜のうちに予定は話していたし、今までにも何度か遠乗りには出かけている。だから特に驚かれることも心配されることもなく、準備を手伝ってくれた。

乗馬服は身体に沿うような形が基本で、ドレスと違ってとても動きやすい。

ブラウスや上着が華やかなデザインになっているのは女性だからという理由もあるが、何より私が好きだからだ。

実はこの服は私がデザインしたものでかなり気に入っている。首元は男性ならクラヴァットを巻くのだが、女性はお洒落の一環でリボンをつけることも多い。私が選んだのも銀色のリボンだった。長い髪の毛をひとつに纏めながら、女官が私に聞いてくる。

「今日のご予定は、どちらまで？」

「バロンの丘へ行こうと思っているわ。夕方までには戻るから」

「承知致しました。お気をつけ下さいね」

「ええ」

大体の予定とルートを話し、自分で用意したバスケットを持つ。女官が水筒を渡してくれたのでそれも受け取った。

黒のロングブーツを履き、準備万端。私は意気揚々と部屋を出た。

久々の遠乗りに、胸が高鳴っていた。

「姫様？」

「あら、シャムロックじゃない」

廊下に出てすぐ、シャムロックと遭遇した。

偶然だということは分かっている。今までの彼ならともかく今世の彼は、私に不必要に近づいたりはしないからだ。

「……」

シャムロックと会ったのは、怪我が癒えて以来初めてだ。

怪我をしていた時は頻繁に見舞いに来てくれたのだが、完治してからは特に会っていなかった。シャムロックをまじまじと見つめる。私の行動が気になったのか、彼は怪訝な顔をした。

「姫様？」

「……」

返事をせず、更に観察する。そうして安堵の息を漏らした。

——良かった。

特にシャムロックにときめいたりとかはなかった。彼が特別格好良く見える、なんて事態も起こっていない。

私がシャムロックにときめいたのは、あの事件の一回きりのみ。やはりシャムロックを好きになったとかではなかった。

——よしっ。

彼が見舞いに来てくれた時にも何度か確かめたが、改めて確認し、心底ホッとした。

私がこの男に惚れるなど、あってはならないことなのである。

毎回死の原因となる男。そして一度は、私を殺した張本人。

その相手に惚れるとか、頭がおかしいと思われても否定できない。

「姫様？」

何も言わない私が心配になったのか、シャムロックの口調が窺うようなものになる。

ふと、気が向いた私は彼に言った。

「ねえ、私、今から遠乗りに行く予定なの。良かったらあなたも一緒に来る？」

「え？」

キョトンとした顔が私を見つめてくる。私はもう一度彼に言った。

「だから、遠乗りに行くんだって。考えてみれば、今回、誰も供がいないの。あなたがついてきてくれると安心だなと思うんだけど、どう？」

「供も連れず、遠乗りに出かけるおつもりだったのですか⁉」

「きゃっ」

大きな声で怒鳴られ、思わず耳を塞いだ。

シャムロックが怒りながら言う。

「おひとりでなど、いけません！　何が起こるか分かりませんのに……。どうして女官たちも姫様をお止めしなかったのか」

「いると思い込んでいたんじゃない？　私も今の今までそのつもりだったから」

いつもは兵士の誰かを連れて行っていた。今回もそのつもりで出てきたのだが、考えてみれば声をかけた記憶がない。

多分、お弁当を作りたい気持ちの方が強すぎて、忘れてしまったのだろう。

とはいえ、さすがにひとりで行ってはいけないことくらいは分かる。

「そういうことだからあなたが来てくれると助かるというか――」

「行きます」

誤魔化すように言った言葉に、即座に答えが返ってきた。

あまりの早さに目を瞬かせる。

「そ、そう。なら用意をしてちょうだい。厩舎《きゅうしゃ》で待っているから」

「分かりました。すぐに伺います」

踵《きびす》を返し、シャムロックは足早に廊下を歩いて行った。あの様子なら城内にある公爵家用の部屋ですぐに準備を終えてくるだろう。

着替えてくることを考えると急いでも仕方ないので、のんびりと厩舎に向かう。

シャムロックが馬に乗れるのは知っていた。

今までに何度も彼が馬に乗っているところを見たことがあるからだ。

文武両道と謳われる彼は、基本、なんでもできる。できないことを探す方が難しいかもしれないような男なのだ。

「……」

歩きながら考えるのはシャムロックのことだ。

私は先ほど思いつきで彼を遠乗りに誘った。だけど考えてみれば、この数十回のやり直しで、私から彼に誘いをかけたのはこれが初めてかもしれない。

今までの彼は常に私にべったりで、ついてこいと言わなくても勝手についてきた。誘う必要などどこにもなかったのだ。

「変なの……私がシャムロックを誘うなんて」

ノリと勢いで彼を誘った感はあったが、後悔はしていなかった。

たまの遠出。友人を誘うというのも悪くないと思ったからだ。

あとは、彼にときめかなかった自分にホッとしたから、というのもある。

いや、違う。

遠乗りに誘って、やっぱり彼のことをただの友人としか思えないと確信したかったのだ。

念入りすぎるかもしれないが、それくらいやらないと不安になる。

自分がシャムロックに惚れるような馬鹿ではないと、何度だって確かめたかった。

「ま、大丈夫でしょう」

これはただの確認行動なのだから。

軽い気持ちで行った自らの行動を、あとでものすごく後悔することになろうとはこの時の私は思いもしなかった。

◇◇◇

「お待たせ致しました、姫様」

程なくして、シャムロックが厩舎へとやってきた。

きちんと乗馬服を着ている。

彼は細身なので、ぴったりとした乗馬服を着ると、スタイルの良さがことさら強調される。

紺色の上着は彼によく似合っていて、急いで用意したようには見えなかった。

「あなた、馬はどの子にする？」

いつも乗っている子を選んでから、シャムロックに尋ねる。

彼も屋敷に戻れば自分の愛馬がいるだろうが、今は王家所有の馬を使うしかない。

その許可は先ほどとっておいた。どの子を選んでもいいとのことだったので、好きに選ばせようと思っていた。

「では、僕はこいつを」

「その子ね。よく走る、良い子よ」

シャムロックが選んだのは栗毛の可愛らしい目をした馬だった。可愛い外見だが、その走りは力強く頼もしい。

厩舎にいる世話係に声をかけ、鞍《くら》の準備をしてもらう。

お弁当が入ったバスケットを括《くく》りつけようとすると、シャムロックが言った。

「姫様、それは？」

「お弁当よ。さっき作ったの」

「え、姫様が？」

その声には「料理なんてできるのか」という驚きが含まれていたが、彼は私が料理をすることを知らないのだから仕方ない。

私は彼の言葉に頷いてみせた。

「結構自信作なの。量も十分あるからあなたにも分けてあげるわ」

「よ、宜しいのですか？」

「宜しいも何も、自分ひとりだけでご飯を食べるような真似、しないわよ」

食事は皆でした方が楽しい。独り占めする気などないのだ。

当たり前ではないかとシャムロックを見ると、何故か彼は真っ赤になっていた。

「シャムロック？」

「ひ、姫様の手作り弁当……」

「……」

声が震えている。わずかだが腰が退けているようにも見えた。

それを見て、なんだかなあと思ってしまった。

「……あのね、別に大したものは入っていないわよ。そんなに構えないで」

「ぼ、僕には大したものになるんです！」

「そ、そう……」

「姫様の手作り弁当……夢みたいだ」

——あ、これは駄目だ。

ついに身体まで震え出した。

だけどシャムロックは分かりやすく頬を染め、嬉しいと一目で分かる顔をしている。

——なんか可愛いかも。

漠然と思った。

彼の幸せそうな笑みは、見ているこちらまで笑顔になってしまうようなものだったからだ。

――ふふ、食べたらもっと喜んでくれるかしら。

さっきも言った通り、お弁当は自信作なのだ。絶対に美味しいと断言できるし、作ったというだけでこれなら、食べれば彼はどんな反応を見せてくれるのか。

そう思うととても楽しみだ――って違う‼

――可愛い⁉　シャムロックが？　ない、ないないない‼

慌てて、ブンブンと首を横に振る。もう少し正気に戻るのが遅ければと思うと、ゾッとした。

なんてことだ。危なかった。

つい先ほど、もう大丈夫と思ったばかりだと言うのに、今度は『可愛い』と思わせてくるシャムロックが怖すぎる。

――な、なんなの……。成人男性が可愛いとか……反則よ……って、だから違うんだってば！

シャムロックが可愛いなんてあるわけない。

彼は私の死因になる男で、今は単なる友人。それ以上でもそれ以下でもないのだ。それを再認識しなくては。

「姫様？　突然首を振り始めて……どうかなさったのですか？」

シャムロックには私が急に奇行に及んだように見えたのだろう。ものすごく心配されたが、私はそれどころではなかった。

「なんでもないの！　気にしないで！」

「ですが……」

「気にしないでと言ったわ‼」

「……はい」

誰がこんな馬鹿みたいなこと言えるものか。

可愛いなんて思ったのは気の迷い。

遠乗りに行けると浮かれていたから、うっかり思ってしまっただけに違いないのだ。

――そう、そうよ。そうに決まっているわ。

でなければ許せない。

「……」

シャムロックは私を気にしていたが、聞いても無駄だと悟ったのか、それ以上その話題には触れず、代わりに手を差し出してきた。

「？　何？」

意図が読めない。首を傾げると、彼は頬を染めながらも私に言った。

「そのバスケット。よろしければ僕が持ちます。……それくらいさせて下さい……」

「え？　別にバスケットを載せるくらい気にしないけど……」

元々自分用に作ったものだ。自分で持っていくつもりだったし、特に負担には思わない。

だが、シャムロックは強固に主張してきた。

「僕が持ちたいんです！」

驚くほど大きな声。私は目を瞬かせた。

「そ、そう」

そんなに持ちたいのならこれ以上遠慮することもないだろう。

「……それならお願いしようかしら」

持っていたバスケットをシャムロックに手渡す。彼はそれを恭《うやうや》しく受け取ると、自らが選んだ馬に括りつけた。

「じゃあ、行くわよ」

「はい！　どこまでもお供致します！」

なんだか出発前から疲れてしまった気もするが、今日の遠乗りを楽しみにしていたのだ。馬に乗ると気持ちも高まってくるし、先ほどまでのやりとりもどうでもいいと思えるようになっていた。

——やっぱり馬はいいわ。ええ、そうよね。気分転換は大切だもの。

早駆けすれば、嫌なことも全部忘れてしまえるだろう。

すっかり気持ちを切り替えた私は、シャムロックに満面の笑みを向けた。

心はすでに浮き立っていたのだ。

「今日はバロンの丘の方まで行きたいの。いいわね？」

「は、はい！」

「？」

シャムロックの顔が何故かまた赤くなる。

何を照れているのか。そんな要素、どこにもなかったと思うけれど。

とはいえ、彼の行動をいちいち気にしていてもキリがない。私はシャムロックを過度に気にするのは止め、手綱を握った。

久々の遠乗り。ワクワクした気持ちが胸の中を渦巻いていた。

すっかり気分が良くなった私は、シャムロックを置いていくくらいの気持ちで馬を走らせた。

◇◇◇

「とても気持ちよかったわ！」

二時間ほど馬を走らせ、予定していたバロンの丘までやってきた。

目的地であるバロンの丘は、私の大好きな場所。

ここはいつも人がいない。丘以外に何もないので、わざわざやってくるような物好きはあまり存在しないのだ。

丘は一面が緑で、殆ど花も咲かない。華やかさとは無縁だ。だけど草の青臭い匂いが疲れ切った心を潤していく。

「良い匂い……！　風が心地いいわね！」

天気も良いし、言うことなしだ。まさに遠乗り日和。

自然を全身で感じながら馬から降りた。

馬に水を与えてから、近くにあった立木に繋ぎ、周囲を見渡す。

うん、今日も誰もいない。王女として日々を過ごしているから、誰も自分を知っている者がいない場所というのは稀少で、本当に助かるのだ。とても心が安まる。

「本当に気持ちいいですね」

少し遅れてシャムロックが到着する。彼も私に倣《なら》い、馬から降りた。

そうしてにっこりと笑い、私に言う。

「姫様の馬術がここまでとは知りませんでした。お見事です」

「ありがとう。乗馬は趣味のひとつなの」

——ただし、何回か前の人生でだけれど。

心の中でだけそう呟く。

私の言葉にシャムロックは不思議そうな顔をしたが「そうですか」とだけ言って、お弁当の入ったバスケットを手に持った。

「それで、これからどちらに参りますか？」

「そうね。誰もいないようだけど、あまり馬から離れたくないわ。そこの斜面でお昼にしましょう」

長い時間、馬を走らせていたので、昼の時間も過ぎてしまった。お腹はすっかり空いている。

シャムロックは私が指し示した場所を確認すると、上っていって上着を脱ぎ、地面に敷いた。

「どうぞ、お座り下さい」

「……ありがとう」

まさかそんなことをされるとは思わなかったので驚いたが、考えてみれば彼も公爵家の子息。これくらいは当たり前にするのかもしれない。

いいや、今までに何度も色々な人にこういうことはされたし、それが当たり前だったから意識なんてしなかった。

それがどうして、シャムロックにされただけで意識してしまうのか。

――違う、違うわ。落ち着きなさい、私。私の知らないシャムロックの一面を見て、そのギャップに驚いているだけよ。

深呼吸をし、心を落ち着かせる。

たとえばだが、普段は素行の悪い人が、突然優しさを見せると、図らずもときめいてしまうことはないだろうか。

いつも乱暴な男が、捨て猫を拾い、可愛がっていたりだとか。

そういうギャップに人は弱いのである。

そう、シャムロックもそれと同じなのだ。

――これは当たり前の感情の動きなのよ。

常に私に執着し、迷惑をかけることしかなかった彼が、今世では紳士然とした振る舞いを見せているのだ。まさにギャップ。その差に私はつい、ときめいてしまっているだけ。

もう何度目になるのかと思いつつも、自分に言い聞かせる。

——そうよ。これは当たり前の感情。一時だけのもの。少し経てば、そんなこともあった、くらいになるのだから。

これは一時的な感情の揺らぎでしかない。不安になったり、心配したりする必要はないのだ。

つい、動揺してしまったが何食わぬ顔をし、敷いてもらった上着の上に座る。

シャムロックが着ていた上着は少し温かい気がして、それに気がついた私は羞恥《しゅうち》のあまり飛び上がりそうになってしまった。

——やだ！　なんかあったかい！

気持ち悪いとかではない。とにかく恥ずかしかったのだ。

シャムロックの体温を、上着を通してではあるが間接的に感じてしまい、頭を掻きむしりたい気持ちになった。

——なんなの……どうして私がシャムロックを意識しないといけないのよ。

泣きそうだ。

さっきだって、シャムロックを可愛いと思ってしまった。もう私は終わりかもしれない。

「姫様？」

「……なんでもないわ。お弁当にしましょう」

こちらがこれだけ意識しているというのに、平然としているシャムロックが憎らしい。

いや、貴族男子として当たり前の行動をしているだけと言われればその通りなのだけれども。

心の中でギャーギャー騒ぎながら、私はシャムロックから受け取ったバスケットを開けた。

私が作ったのはサンドイッチ。中にはそれらがぎっしりと詰まっていた。

「ええと、これは鶏肉にオニオンを挟んだもので、こっちはスモークサーモンとアボカド。定番のハムと卵もあるわ」

ひとつひとつ、作ったものの説明をしていく。

「サンドイッチだけじゃ物足りないと思ったから、チキンソテーも作ってみたの。あと、デザートだけど……って、何？」

シャムロックがじっと私を見つめていた。

ものすごく真剣な眼差しだ。その目がとても気になった私は説明を止め、彼を見返した。

「どうしたの？」

「いえ……その、感動して……姫様の手料理をいただける日が来るなんて、本当に思っても見なかったので」

「あー……まあ、そうね」

それは私も同じだ。

まさかシャムロックに自分の作ったものを食べさせる日が来るとは思わなかった。

だが、これは紛れもない現実。

私もいい加減、認めるべきなのだ。

確かに、シャムロックはこれまでに色々と私にとんでもないことをしでかしてくれた。

だけどそれは今世の彼ではない。もう終わってしまった、消えてしまった話なのだ。

今のシャムロックは、私のよき友。

そして彼を友だと思っているからこそ、私もシャムロックを遠乗りに誘えたのであり、自分の作ったものを勧めることができるのだ。

――ときめくのは今でもあり得ないと思うけど、彼のことはいい加減、ちゃんと見るべきなのよね。

今まで私は、彼のことをずっと『よき友人だ』と言ってはきたが、根本のところで信じきれなかったように思う。

いつ、態度が豹変するか、私に対して尋常ではない執着を見せ始めるのかと、正直気が気でなかった。

だけどそれは今の彼に失礼だ。

だって彼はずっと私に対し、紳士的な態度を崩さなかったから。

確かに私に対する恋情はあるのだろう。それは彼の態度を見れば明らかだ。今だって、私が作った料理を食べられるというだけで、心底嬉しそうにしているし、何より彼の目を見れば、彼が誰を思っているのか一目瞭然。

でも、今世の彼はそれを表には出さない。表には出さず、友人としての距離をしっかりと保ってくれる。

『好きだ』の一言さえ言われたことがない。

どうしてその決断をしたのか、彼の心情に何があったのか私には分からないが、その選択をしてくれた今世の彼に私は心から感謝している。

――シャムロックは大事な友人だわ。

それを私は、今初めて、心から認めたように思う。

「……ほら、いつまでもじっと見てないで、さっさと食べてちょうだい」

サンドイッチを眩《まぶ》しげに見つめている彼を、照れくさい気持ちで急《せ》かす。

シャムロックは目が覚めたように瞬きをし、嬉しそうに頷いた。

「はい、いただきます」

「召し上がれ」

サンドイッチはたくさんある。ふたりで食べても余りそうなくらいだ。それは、久しぶりの料理に調子に乗った私が作りすぎてしまったからなのだが、今日は正解だったようだ。

シャムロックが美味しい美味しいと、全部平らげてくれたから。

「すごいわ。よく食べきったわね」

空っぽになったバスケットを見ていると、作って良かったなという気持ちになる。シャムロックは細身だが、思った以上に食べてくれた。

気持ちのいい食べっぷりに感心していると、シャムロックが恥ずかしげに言った。

「すみません。実は僕、かなりの大食漢でして。燃費がすごく悪いんです」

「そうなの。そんなに細いのに？」

驚きの告白に目を見張る。

筋骨隆々とした男性がたくさん食べるのは分かる気がするが、彼に言われるとまさかと思ってしまう。

私の『細い』という発言に、シャムロックが傷ついた顔をする。

「酷いですよ、姫様。僕は男なんですから、細い、なんて言われると傷つきます」

「あ、ごめんなさい。悪い意味ではなかったの」

女性同士なら『細い』は褒め言葉にもなる。だが確かに男性に使うものではなかったなと思った私は素直に反省した。

「気をつけるわ」

あっさりと謝った私に、シャムロックの方が動揺した。

「あ。いえ、僕こそ余計なことを言いました。すみません。言う必要なかったですね。忘れて下さい」

「いいえ、私が考えなしだったのよ」

熟慮してから発言すれば良かった。普段、王女として王宮にいる時は、できるだけ考えてから話すようにしているのだが、こうやって外でリラックスしているからか、何も考えず、ノータイムで発言してしまった。

いくら幼馴染みの友人相手とはいえ、やっていいことではない。

再度謝ると、シャムロックは「もういいですから」と焦ったように力こぶを作った。

「ええと、ほら、見て下さい。僕、実は結構筋肉があるんですよ。それに腕っ節は強い方ですしね。

だから言うほど気にしていません。でも、食べないと痩せてしまうので、屋敷でも結構食べるようにしているんです」

一生懸命、気にしていないとアピールしてくれるシャムロックの様子がなんだかおかしくて、思わず笑ってしまった。

「ふふ、そうなの」

「っ！　は、はいっ！」

微笑みながら彼を見つめると、彼は顔を真っ赤にして頷いた。

しかしシャムロックが大食いとは、この何十度ものやり直しの中で初めて聞いた。

それくらい私がシャムロックに対して興味を持たなかったということなのだろうけど、今の私はそれを少し申し訳なく思ってしまった。

——幼馴染みの友人のことを何も知らないというのは、ねえ……。

今までどれだけ彼に対し無関心だったのか。これはちょっと反省した方がいいのかもしれない。

シャムロックのことは友人と認めたのだ。それなら私も友人に対し、それなりの努力をするべきだ。

もっと相手のことを知るという方向性で。

そう思った私は、今更ではあるが、彼に質問をぶつけてみることに決めた。

「シャムロック。せっかくだから色々聞いてみてもいい？」

「え？　それは構いませんが……」

キョトンとしつつも頷いてくれるシャムロック。そんな彼に「答えたくなければ答えなくていい」と前置きをしてから、私は彼に聞いた。

「じゃあまず。好きな食べ物は何かしら？」

「唐突ですね。ええと、肉料理、でしょうか」

いきなりガッツリ系の答えが返ってきた。だけどカロリーを取る必要がある彼ならそれも当然なのかもしれない。

「肉料理ね。具体的には？」

「ええ？　具体的に……別に肉ならなんでも構わないんですけど……うーん。煮込みより焼く方が好きとか、そういう感じでしょうか」

「もしかしなくても、シャムロックってあまり食に興味ない？」

答え方が、まさにそういう人だと思いながら聞くと、彼は「ええ」と気まずそうに肯定した。

「食べなければいけないから食べますが、特に拘《こだわ》りはありませんね。あ！　もちろん姫様のサンドイッチはとても美味しかったです」

「ふふ、分かっているから大丈夫よ」

さっきのシャムロックの食べっぷりを思い出せば、嘘を吐いているとは思わない。

私の言葉を聞き、彼はホッとしたように息を吐いた。

「良かった……」

「大袈裟ね。まあ、分かったわ。じゃあ趣味は？　シャムロックの趣味ってなんなの？」

長く彼とかかわってきたが、趣味らしいものを楽しんでいるのを見たことがない。

純粋に気になり聞いてみると、彼からはなるほどと思う答えが返ってきた。

「剣の鍛錬でしょうか。鍛錬中は余計なことを考えませんから。無になれるあの独特の感覚が好きなんです」

「剣……シャムロック、ものすごく強いって聞いているわ。趣味と言われても納得よね」

前回までのシャムロックも剣の名手として名を馳せていたが、今世の彼は剣聖と呼ばれるほどの腕前。その変化にも実は驚いていたのだが、今の話を聞けば頷ける。

元々才能があるところに、今回、彼の趣味が合致してとんでもないことになったのだろう。

それで突き抜けるほどの腕前になるところが、さすが『神の寵児』である。

答えを聞いて頷く私に、今度は彼が聞いてきた。

「姫様の趣味はドレスのデザインですよね。素晴らしい作品をお作りになっていると聞いています。大変な作業だと推察致しますが、実際はどのような感じなのですか?」

「え、私?」

まさか私のことを聞かれるとは思わなかった。

「別に大したことをしているわけではないけど……」

「聞きたいです」

興味津々という感じで尋ねられ、私は自分の趣味について語った。

「デザイン画を描いているだけよ。それを元にしてお針子たちにドレスを作らせているの。自分が想像したドレスが実物として目の前に現れるあの瞬間は本当に素晴らしいと思うわ」

「姫様のお考えになるドレスは、皆のものと全く違うと聞きます。きっと才能がおありになるのでしょう」

「褒めても何も出ないわよ。でもそう言ってもらえて嬉しいわ。実は今日着ている乗馬服も私がデザインしたものなの」

自らの仕事をアピールするのもどうかと思ったが、褒めてもらえたのが嬉しくて、つい言ってしまった。私の話を聞いたシャムロックが目を丸くする。

「それはすごいですね……！　でも言われてみれば確かに。普通とは違うような気がします」

「あのね、分かっていないのに適当なこと言わないでよ」

今日の乗馬服は華やかさを意識して作ってはいるが、特に目立つようなデザインにはしていない。

さすがに世辞だと気づきじろりと睨むと、シャムロックは恥ずかしげに俯いた。

「すみません。僕、基本的に女性には興味がなくて。あ、もちろん姫様は別ですけど！　その……女性の乗馬服をまともに見たのは、恥ずかしながら今日が初めてなんです」

シャムロックの言葉を聞き、ものすごく納得した……というか、らしいなと思った。なるほど、それなら先ほどのよく分からない褒め方にもなるだろう。

呆れながらも彼に言う。

「それなら最初からそう言いなさいよ。適当な褒め方をされる方が傷つくんだから」

「はい。でも、その乗馬服、姫様にとてもよくお似合いですよ。とても華やかで……まるで姫様のために誂《あつら》えたみたいに見えます」

私が私のために作ったのだから似合っていて当然だ。

だが、なんとか一生懸命私を褒めようとするシャムロックがどうにもおかしくて、もうなんでもいいやと思ってしまう。

「はいはい、ありがとう。そう言ってもらえて嬉しいわ。これからも精進するわね」

「はい！　きっと姫様はデザイナーとして大成されると思います！」

王女がデザイナーになってどうするとも思ったが、気持ちは嬉しかったので、有り難く受け取っておくことにした。

私はそれからもシャムロックに色々聞いた。

好きな本は何かとか、好きな色、好きなパンの種類なんかも尋ねてみた。

シャムロックのことを知るのがなんだか妙に楽しかったのだ。

「私たち、幼馴染みだっていうのに、全然互いのことを知らなかったのね」

一通り彼の好みを聞き、満足した私はグッと伸びをした。そのついでに立ち上がる。

シャムロックを振り返ると彼はキョトンとした顔をしていた。

「シャムロック？」

「いえ、なんでもありません」

「それ、なんでもないという顔ではないわ。何よ。言いたいことがあるのならはっきり言いなさいよ」

黙ったままというのは気になる。

シャムロックをせっつくと、彼は気まずそうな顔をしつつも口を開いた。

「ええとその……デザインのことについてはよく分からないというのが正直な話ですが、姫様ご自身については僕、知っていますので……その、お互いというのは語弊があるかな、と」

「え」

「姫様の趣味も好きな色も本も食べ物も、僕は全部分かっていますから」

そうして語られた私の好みは、悔しいことに全て正解だった。

「ど、どうして知っているの……」

「見ていれば分かりますよ。それこそ僕たちは幼馴染みなんですから」

「そ、そうね……」

つまるところ、いかに私が今までシャムロックに興味を抱いていなかったかがバレたということで、私は非常に気まずい気持ちになった。

「そ、その……悪かったわ」

今まで無関心で。

口にしなかったがシャムロックには通じたようだ。彼は「いいえ」と言い、斜面から立ち上がった。

風が吹く。私と同じ銀色の髪がたなびき、キラキラと光った。

「気にしていません。それに今日、姫様は僕のことを知ろうとして下さいましたから。僕にはそれで十分なんです」

「……」

「姫様が僕に近づいて下さった。そんな風に思うのはおこがましいですか？」

「……そんなことないわ。知りたいって思ったから聞いたのだもの」

違うと言うのは簡単だ。だけどなんとなくそうしたくなかった私は正直に答えた。

シャムロックがどこかホッとしたように笑う。

「良かった。そう言って下さっただけで今までの全部が報われた心地です」

「……シャムロックは大袈裟だわ」

「そうでもありませんよ」

長居しすぎてしまったのだろう。日が傾いていた。

夕焼けがシャムロックを後ろから照らす。

赤い太陽をバックに、彼は綺麗に微笑んでいた。彼の目は愛おしげに細まり、私を見つめている。

私を好きだと、その表情全てが訴えていた。

そしてそれを見た時、私はドクンと自分の心臓が大きな音を立てたことを感じていた。

「え」

バクンバクンとおかしなくらい心臓が脈打っている。

全身がカッと熱くなり、身体が動かない。

全ての音が消える。

その瞬間、世界には私とシャムロックしかいなかった。そんな風に感じた。

——な、なに。

未知の経験に全身が硬直する。

何故だろう。シャムロックが突然素敵に見えた。彼を見るだけで、心臓が痛いくらいにきゅうっとときしみ、頬が熱くて仕方ない。

彼にどうしようもなく惹かれている。それを否応なしに突きつけられた気分だった。

——嘘でしょ。また？

本気で止めて欲しい。

私はシャムロックのことを友人だと思っているのだ。それなのに彼にときめくとかあり得ない。

——そう、あり得ない。あり得ないのよ。

冷や汗が出る。

自分が信じられなかった。

だって何回人生を繰り返したと思っているのだ。数十度、下手をすれば百度近くは繰り返している。その中で私が誰かを好きになったことはなく、もちろんときめいたことだって一度もない。

いつだって私は恋を知ることなく死んでいった。

恋なんてこんな自分には縁のないものだととうに諦めていた。

それなのに、今更？

しかも、相手はシャムロック？

あり得ない。勘違いに決まっている。

そう思おうとしても胸のドキドキは収まらないどころか、より一層激しくなるばかり。

本格的にシャムロックを意識している。そうとしか思えなかった。

──嘘。誰か嘘だと言ってよ。

まさか自分がシャムロックを本気で意識する日が来るなんて、自分で自分が信じられなかった。

だって世の中の男の中で、一番あり得ないと思っていたのが彼なのだ。

私の死因にかかわる、憎き死神。いつまでも私に執着するどうしようもない男。

それが私の中での彼の印象だったのに。

友人として正しい距離で、ちょっと引いた態度で接してくるから、うっかり彼を色眼鏡なく見てしまった。

そうしてきちんと彼を見れば嫌でも分かってしまう。

客観的に見て彼は素敵な人なのだと。

皆にキャアキャア騒がれるのも納得できる非の打ち所のない男で、そしてそんな男に女として優しくされていると気づけば、好きにならないはずがない。

──って、今のナシ！　ナシよ！

必死で否定した。

すでに三度、彼にときめいている時点で手遅れ感が否めないが、それでも私は否定した。

私がシャムロックに惹かれているなどあり得ない、と。

私を死に追いやる男。

そんな男に惚れるなど、趣味が悪い以前の問題だ。誰も理解できないだろうし、私だって意味が分からない。

――アレの何がいいの？　今は友達面しているけど、本性はとんでもない男よ？　私が一番知ってるでしょう？

自分でときめいておいてなんだが、真面目に聞きたくなってくる。

シャムロックが私にしてきた数々の過去の行い。それを私は覚えているのだ。

それなのに、ちょっとまともな面を見せられただけでときめくとか、私、少しチョロすぎやしないか、と。

「姫様、そろそろ帰りましょうか。日も暮れてきましたし」

頭の中で忙《せわ》しく考えていると、シャムロックが夕日を見ながら私に言った。

目を眇《すが》めるその仕草が格好いい……って、違う！

「そ、そうね」

芽生えた煩悩を必死で振り払う。今は、そんなことを考えている時ではない。

シャムロックの言う通り、確かに帰らなければまずい時間なのだ。

「いつの間にかずいぶんと時間が経っていたのね。帰りましょう」

シャムロックの返事を待たず、斜面を滑り降りる。

馬を繋いでいるところまで歩きながら、私は必死にシャムロックを意識しないように努めた。

——無心。無心になるのよ、私。

今は、城に帰ることだけを考えよう。

自分に芽生えた気持ちのことは確かにとても気になるけど、今考えても仕方のないことだ。

自分に言い聞かせ、馬を走らせ城に戻る。

予定していた時間より遅くなったことで、厩舎で心配しながら待っていた女官たちには怒られたが、シャムロックが一緒だったからか、あまりしつこくは咎められなかった。

自室に戻ろうとすると、シャムロックも何故かついてきた。

「シャムロック?」

「部屋までお送りします」

「え、いいわよ。女官たちもいるし」

ぞろぞろとついてこられても困るだけだ。だが、シャムロックは引かなかった。

「最後まで、姫様をお送りしたいのです。その……今日はとても楽しかったので」

「……好きにしたら」

信じられない。

嬉しい、と感じてしまった心に気づき、できることならその部分を引きちぎってやりたいと心底思った。

なんだ、嬉しいって。馬鹿じゃないのか。

ただ、部屋まで一緒に来るだけ。それが嬉しいとか、我がことながら心情の変化についていけない。

「姫様」

部屋の前に来たところでシャムロックが声をかけてくる。辞去の挨拶かと思い、振り向くと、シャムロックははにかむように笑った。その笑い方が可愛いなとときめいてしまう。

——だから、可愛いって何！

シャムロックが可愛いとか、私の目はおかしくなってしまったのではないか。

本格的に自分の頭がポンコツ化してきたと泣きたい気持ちになる。私の頭は学習能力がないのだろうか。シャムロックにときめいたり可愛いと思ったり。

どう考えてもあり得ないのに、また鼓動が早くなってくる。

——鎮まれ……！　お願いだから鎮まって。

シャムロックは可愛くない。

可愛いなんてあり得ないのだ。

泣きそうになりながらも自分に言い聞かせていると、シャムロックが照れながらも私に言った。

「その、改めて言わせて下さい。今日はお誘いありがとうございました。お弁当、僕のために作ってくれたわけではないって分かっていますけど、それでも嬉しかった……。今日は僕の人生で二番目に嬉しい日です」

「に、二番目って」

一番は何なのだと思ったが、疑問を口にする前にシャムロックが言った。

「一番は、もちろん姫様と初めて出会った時のことです。あの日、冗談ではなく僕の人生は変わったのですから」

「……」

シャムロックの言葉に黙り込む。

彼の言う、『人生が変わった』というのがどういう意味なのか嫌と言うほど分かっているだけに何も言えなかったのだ。でも。

——今回、私は何もしていないわ。挨拶だって自分からしてきたし、彼の何を変えたわけでもない。それなのにどうしてそんなことを言うの？

そうなのだ。

今回、私はシャムロックに対し、本当に何もしていない。

人間不信の彼を立ち直らせたわけでもないし、そもそも今回の彼は人間不信に陥っているようには見えなかった。

だから私はこう言うしかない。

「私は、何もしていないわ」

掛け値なしに本気の発言だったのだが、シャムロックは「いいえ」と首を横に振った。

「姫様はおわかりになられていないだけです。あなたはいつも僕に大切なものを気づかせてくれる。至らない僕を導いてくれる。だからいつだって、僕の一番は姫様なんですよ。それを覚えていて下さい」

浮かべられた表情があまりにも綺麗で吸い寄せられるように見つめてしまう。

薄い唇に目が行く。

それが私に触れてくれたらいいのに、なんて考えたところで、我に返った。

乗馬パンツの上から思いきり太股を抓《つね》る。

——何を！　私は！　考えてるの！

周りに誰もいなかったら、本気で叫んでいたところだ。

自分が分からなくて混乱している。早くひとりになりたくて仕方なかった。

だから私はシャムロックから視線を外し、ぶっきらぼうに言った。

「部屋に入るわ」

少し冷たかったかもしれない。だけど自分の感情をコントロールできない今の状態ではこれが精一杯なのだ。

それでももう少し言い方があったのではないかと自己嫌悪に陥っていると、シャムロックは気にした様子もなく、頭を下げた。

「分かりました。では、僕はこれで失礼します。今日はお疲れでしょうからゆっくりおやすみ下さい」

「え、ええ」

「それでは」

踵を返し、シャムロックが歩いて行く。

それを見送りながら、私はいつまで経っても収まらない胸のドキドキと自身に湧き起こった理解できない感情に心底泣きそうになっていた。

◇◇◇

「駄目……本気でまずいわ……」

シャムロックにときめきまくった遠乗りから一週間が過ぎた。

私は自室の机に向かい、今の自分の状況をなんとか打開する策はないかと必死に頑張っていた。

「シャムロックを思い出すだけでときめくんだけど……っ！　駄目じゃない！」

自身の現状を口に出し、酷くダメージを受けた。思わず机に突っ伏す。握っていた羽根ペンが転がっていった。

「信じられない……」

一体私はどうしてしまったというのだ。

シャムロックを思い出すだけで胸は高鳴り、心は躍り、彼の唇を思い出せば触れられたいなんて考え始めてしまう。

「いや、ない、ない、ないわ……」

身体を起こし、転がっていった羽根ペンを握る。

用意しておいた紙に『シャムロックは私の死神！』と大きく書いた。

文字にすることで、しっかりと自分に言い聞かせることができるのではという考えによるものだったのだが、死神という文字よりシャムロックという名前の方を見てしまう。

「だーかーらー！　違うの！」

ばん、と机を叩く。

掌《てのひら》がジンジンとしたが、今はそれどころではなかった。

「うう、どうしてこんなことになったの？」

涙が滲む。

遠乗りに行くまではこうではなかった。確かに何度かときめいたし、ちょっとよろめいてしまった機会はあったが、そこで踏みとどまることができていた。

なのに、今はそれができない。馬鹿みたいにいつもシャムロックを思い出してはドキドキしている。

こんなのおかしいと思っても、気持ちは止められなくて、私は本気で自分が分からなかった。

「シャムロックは私の死神なの。彼とかかわると死ぬのに、その人を好きになってどうするのよ……って、好きになんてなってないんだってば！」

危ない。もう少しでシャムロックを好きだと認めてしまうところだった。

最早手遅れな感じはあったが、私はまだ抵抗しているし、認めたくはないのだ。

シャムロック、と彼の名前を別の場所に書く。その隣に私の名前を書いてみた。

「ふふ……仲良しみたい……って違う！」

グシャグシャと紙を丸め、くずかごに投げ捨てた。
新しい紙を机に置く。それを前に深呼吸した。
「落ち着け。落ち着いて、私……そう、冷静になるのよ……」
ふうと息を吐き出し、気持ちを整える。自分が情けなくて堪らなかった。
何十度となくやり直しをしてきたが、こんな気持ちになったことは今までなかった。
人を好きになるというのは、素晴らしいことだと思っていた。
両想いになって、いずれは結婚し、幸せに人生を過ごす。
そういうことだと思っていたのに。
今の私はそれを全力で拒否している。
「……相手がシャムロックでなければ、私だって素直になれたのに」
何故生まれて初めてときめいた相手が、シャムロックだったのだろう。
おかげで私は、自分の気持ちを否定する羽目になっている。
たとえばその相手がどこぞの国の王子とかなら私は喜んで自分の思いを認めたのに。
「きついわ……」
真っ白な紙に『シャムロックなんて好きじゃない』と書く。
それは私の本心のはずなのに、何故かその言葉は酷く私の心を傷つけた。

◇◇◇

答えを出すことができない。いや、出したくない。

自分の気持ちに振り回された私は、趣味に没頭することすらできず、疲れ果てた日々を送っていた。

そんなある日のこと、父が近隣諸国の王族たちを招いた盛大な夜会を開催した。

参加した外国の王族は、王子が三人に国王がふたり。

皆、未婚で、結婚適齢期の将来有望な青年ばかりだった。

全員が国王、あるいは将来の国王となる第一王子。その面々を見れば、父がなんの目的で夜会を開くのかは明白だった。

私の婿《むこ》を選ぼうと言うのだろう。

彼らは父の誘いに快く応じ、ウィステリア王国へとやってきた。

国のために、いるだけで繁栄を約束される『神の寵児』である私をなんとしても娶《めと》りたい。それが無理でも、できれば本物を自らの目で見てみたい。

そんな風に思ったのだろう。

忙しい立場なのにわざわざ時間を作り、招かれた全員がひとりも欠けることなく揃った。

普通にあり得ないことだった。

「今回招いた五人の中からお前の婿を選ぼうと思っている」

夜会の前、父からははっきりとそう言われた。

それに対し私は、やっぱりなと思いながら頷いた。

「そうですか。分かりました」

王女である以上、結婚相手は自分の自由になることではないと思っている。それは今までもずっとそうだったし、今もそうあるべきだと信じていた。

「どなたでも結構です。お父様のお決めになられた方と結婚致します」

「そうか。……一応聞くが、お前、好きな男はいるのか？」

「……いません」

一瞬、シャムロックの面影が脳裏を過《よぎ》ったが、急いでかき消した。

私はシャムロックを好きではない。彼と結婚したいとは思わない。

……思わないったら、思わない。

「……そうか。それなら私が決める。それで良いのだな？」

「ええ、先ほども申しました。どうぞ国のためになる方を選んで下さいませ」

いつもはそんなことを聞かないのに珍しいと思いながらも首肯《しゅこう》する。

『神の寵児』たる私は国の役に立てる。多額の婚約金をせしめることだってできるし、領土の譲渡を迫ることだって思いのままだ。存分に利用してくれればいいと思う。

父の前を辞し、夜会の準備をしてから会場に向かう。

会場にはすでに五人の王族たちがいて、私が姿を見せると喜色満面で寄ってきた。

この中のひとりが私の未来の夫になる。

とはいえ、それは実現しないだろう。婚約はしても、結婚まではいかない。

それが私の毎度の人生だからだ。

王族たちはそれぞれ私に挨拶をしたあと、ダンスに誘ってきた。

全員が私の夫候補。それを知っている身で断ることはできない。

公平を期すため、皆と一曲ずつ踊った。

「……疲れたわ」

連続して五人と踊ると、さすがに疲労も激しい。

侍従からワインをもらい、飲み干す。

休憩していると、婚約者候補である王子がひとり、こちらにやってきた。

艶のある伸ばした黒髪が美しい。

年は確か私より五つ上。

今まで繰り返した生の中で、彼が私の婚約者になったことは一度もなかったし、話すのも実は初めてだったりする。

——不思議よね。

同じ人生を繰り返しているはずなのに、その時その時で会う人が変わったり、婚約者が変わったりと様々に変化する。全く同じでないのは有り難いが、時折妙に不思議に思うのだ。

こんなに毎回変わってしまって構わないのだろうか、と。

「姫」

穏やかな笑みを浮かべ、王子が私に話しかけてくる。

キモノと呼ばれる華やかな民族衣装を着た彼は、他の候補者たちの誰よりも顔立ちが整っていた。見慣れない衣装を着ていることもあり、酷く目立つ。東方にある彼の国は島国で、閉鎖的なことでも知られていた。

今回呼んだ婚約者候補たちの中でも、彼だけは来ないのではないかと思われていたくらいなのだ。だから参加の返事があったと知った時、父は本気で驚いていたし、多分、父の態度からしても、私の婚約者最有力候補は彼なのだろうなということは察することができた。

謎が多い東方の国。唸《うな》るほどの財宝を溜め込んでいるという噂もある。父はその財宝を私の対価として引き出したいのだろう。

「……あ」

私の前に王子が立った。近づけばその美しさがより一層目を引く。

私やシャムロックとは違う種類の美しさだ。東洋の美とでも言おうか。私たちにはない魅力に溢れている。

キモノと呼ばれる服装はとても中性的で、なのに彼の表情は完全に雄だ。そのアンバランスさが絶妙な感じでマッチしている。

趣味でデザインを勉強している私としては、是非そのキモノについて詳しく聞きたい。どのような作りになっているのか興味が尽きないのだ。

「マグノリア姫、少し宜しいですか」

王子が声をかけてきた。それに笑みを浮かべ応じる。

「ええ、もちろん。……ブロッサム王国のルギア王子」

婚約者候補たちの名前と顔は当然覚えている。

私が名前を出すと、彼は嬉しそうに微笑んだ。

「良かった。覚えていただけているのですね」

「お客様の名前を忘れたり致しませんわ」

チラチラと他の王族たちがこちらを見ていた。

おそらく互いに牽制し合っていたのだろう。その中で、真っ先に話しかけたルギア王子を睨んでいた。

その棘《とげ》のある視線に気づいているくせにルギア王子は全く気にした様子もなく、笑顔で言った。

「マグノリア姫、よろしければ、中庭で散歩でも如何《いかが》でしょう。周りを気にせず、話もできると思います」

「喜んで。私もあなたとお話ししたいと思っておりましたの」

この夜会が私の結婚相手を決めるものである以上、候補者たちの誘いに応じるのは当然だ。夫の第一候補は彼のようだし、キモノについても聞きたかったので素直に頷くと、王子は恭しくエスコートしてきた。

「どうぞ」

「ありがとう」

手を差し出され、その上に自らの手を重ねる。

東方の国は文化が全く違うと聞いたことがあるが、きちんとこちらのことを勉強しているようだ。そういうところは好感が持てる。

私たちは夜会会場から繋がっている中庭の奥へ進んだ。花を眺められるよう中庭にはあちらこちらにベンチがある。そこには腰掛けず、代わりに噴水の縁に座った。

ルギア王子は座らず、私の前に立っている。そうして珍しそうに周囲の風景を観察し始めた。

「ルギア殿下？」

「いえ、我が国にはないものが多くて珍しくて。咲く花すら我が国とは違うのですね」

「ブロッサム王国は東方にあると聞きます。そちらはどのような花が咲くのですか？」

知らない国の話を聞かせてもらえるのは嬉しい。そう思い話を振ると、彼は愛想良く自国の話をしてくれた。その話し口調は柔らかく、彼自身の人柄を現しているようだ。

——いい人。

第一印象だけで決めつけるのは良くないと分かってはいたが、己の国について楽しげに語る彼を見ていると、良い人なのだろうなと思ってしまう。

彼は腰に剣を帯びていたが、その剣の形も私の知るものとは違っていた。

「……」

「珍しいですか？」

「あ、申し訳ありません」

不躾《ぶしつけ》な視線に気づいてしまったようだ。急いで謝ると、ルギア王子は「謝る必要はありませんよ」と言ってくれた。

「剣ではない？」

「我が国に伝わる武器です。剣とは少し違います」

「ええ、カタナと言いましてね」

それからは、彼の国の文化の話で盛り上がった。キモノについても色々と聞いたが、王子は嫌な顔ひとつせず私の質問に答えてくれた。

「その服、どういう作りになってるんですか？」

外から見ているだけでは分からない。真剣な顔で質問する私に、王子は苦笑していた。

「キモノに興味がおありですか？」

「すみません。私、趣味でドレスのデザインをしているもので。服の構造とか、そういうのがどうしても気になってしまうんです」

「それなら、国から持ってきた女性用のキモノを進呈しましょう。そうすれば存分に調べることができるでしょう」

「本当ですか？　ありがとうございます！」

思ってもみなかった提案に、喜んで頷いた。

実物を調べるのが一番早いのは、どんなものでも同じだ。ウィステリアにはない服。ドレスのデザインに活かせるかもしれないし、そう考えるとどんどん楽しみになってくる。

「ふふ、子供のように目を輝かせて。あなたはそういう人なのですね」

「あ、すみません……」

楽しそうに笑われて恥ずかしくなった。完全に自分の趣味の話だけで盛り上がっていたことに気づいたからだ。

今日のこれはお見合いのようなもので、楽しむ場ではなかったのに。

しまったという顔をする私に、ルギア王子が言う。

「謝る必要はありませんよ。私も楽しかったですし。……国にいた時にあなたの噂は聞いていました。神に愛された姫。いるだけで富をもたらす絶世の美女。半信半疑、物見遊山な気持ちでこの国には来たのですけどね。来てみるものだ。ここにはこんなに素晴らしい花が咲いていた」

「……」

目を見開く。

突然、王子の雰囲気が変わった。彼の口調は優しく、その表情は私を蕩《とろ》かそうとしてくるかのように甘い。

「結婚相手を探しに来たわけではなかった。だけど実際に来てみれば、あなたはこんなにも愛くるしくて。美しい見た目だけではない。あなたはその中身もとても私好みの素敵な人だ。……マグノリア姫、ぜひ、私の国へ来てもらえないでしょうか。私の妃として。あなたを得るためならばどのような対価でも支払うと約束します」

「……」

決定的な言葉が紡がれた。

彼は正式に私に求婚しているのだ。

「あ、あの……それは、父に……」

結婚は私が決めることではない。

彼が第一候補であることは知っているが、それでも勝手に頷くことは許されない。

私と結婚したいのならまずは父に話を通して欲しい。そうしどろもどろになりながらも言うと、王子は秘密を打ち明けるように言った。

「実は国王陛下にはすでに許可をいただいているんですよ。どうやら彼は私の国が気になるようで。私が望むのなら、あなたを私に嫁がせてもいいと。ただ、あなたが頷いたなら、という条件はありましたが」

「……」

絶句した。

父はすでに彼と約束をしていたようだ。

確かに父ならそれくらい言いそうだとは思ったが、同時にひとつ気になったことがあった。

——私が頷いたら、ってどういうこと？

そんなこと、今まで一度も言われたことがなかった。

いつだって私は父の決めた相手と、言われた通り婚約していただけで、その意向を尋ねられたことなどなかったからだ。

それなのに今回は、最終決定に私の意志がかかわるという。

どういうことだと思いつつも、自分が決めていいとなると、即座に『はい』とは頷けなかった。

――べ、別に悪い人ではないし、お父様が望んでいるのなら婚約するのは構わないんだけど。

あなたは、とあえて聞かれると、答えられない。

少し前までなら、特に何も考えず「はい」と言うことができただろう。だけど今の私には頷けなかった。

それはどうしてか。

認めたくはないが、シャムロックのことが気になっているからだ。

返事をしようとすると彼の顔が脳裏にちらつき、何も言えなくなってしまう。

――どうしてよ。私はシャムロックのことなんて好きじゃないのに。

そう思い込もうとしても心は正直だ。

『はい』という返事をしようとする度に、それは嫌だと叫び声を上げる。

――この人ならいいと思うのに。

自分のことなのに思い通りにいかなくて絶望する。

答えられない私を見て、何かを悟ったのか、王子が困ったように笑う。

「今、返事をいただかなくても構いませんよ。帰国まで一週間あります。その時までに返事をいただければ」

「……分かりました」

猶予を与えてくれたことが有り難かった。

ホッとしたように返事をすれば、ルギア王子は「あなたには思い人がいるのですか?」と聞いてきた。それには首を横に振って否定する。

「いいえ。そのような方はいません」

「本当に?」

「はい」

はっきりと返事をした。

そう、私に好きな人なんていない。シャムロックなど好きでもなんでもないのだ。

「そう、それならいいのだけれど。帰国時、あなたを連れて帰れるよう祈っています」

その言葉に、私は何も返せなかった。

◇◇◇

どうしようもなく気まずくて、申し訳ないがルギア王子には先に夜会会場に戻ってもらった。

少しでいいからひとりになりたかったというのもある。

今夜の夜会の主役が私であることを考えると、あまり長時間ぼんやりもしていられないのだが、今はどうしても冷静になる時間が欲しかった。

「……はあ」

噴水の縁に腰掛けたまま、空を見上げる。今日の夜空は曇っていて、残念ながら星の輝きは殆ど見つからなかった。

「私、どうしちゃったのかしら」

今までなら国のためと即答できたのに。

あそこでシャムロックのことを思い出してしまった自分が恨めしかった。

「……でも、こんな状態で『はい』って返事するのも不誠実よね」

いや別に、シャムロックと何らかの約束をしているわけではないから、不誠実でもなんでもないのだが、自分の気持ちに振り回されているような現状で何かを決断することは避けたかった。

それに、だ。

「今までのパターンで行くと、私が頷いたところで絶対にシャムロックの邪魔が入るのよね。特に婚約したら終わり。破断になる未来しか見えないんだもの。頷いても意味はないような気がするわ」

そして気づいた時には、婚約者がシャムロックに変わっているのだ。

もう二十回くらい見たパターンだ。間違いない。

「……まあ、それも今回ならありかもしれないけど」

シャムロックが自分の婚約者になる。そう考えただけで何故か顔が赤くなった。

彼が婚約者になるかもしれないということが、私はそんなに嬉しいのか。

そんなこと、初めてだ……って、ないないない!!

「別に！　嬉しくなんてないから！」

立ち上がり、声を張り上げた。そうしてハッと我に返る。

誰が聞いているわけでもないのに大声を出してしまったのが恥ずかしかった。

「ううう……」

顔から湯気でも出たかのような気持ちになった。もう一度、同じ場所に腰掛ける。

とはいえ、なかなか落ち着くことができない。

困った私は、今まで彼のせいで起きた数々の酷い出来事を思い出し、冷静になろうと努めた。

「落ち着きなさい、私。今までシャムロックのせいで何度死んだと思っているの。アレにかかわれば死ぬ。それを知っているはずよね？　今回だって、たとえ婚約者になったところで……そうね、ルギア王子辺りに殺されるのがオチだわ」

言っておきながら、ものすごくありそうだと顔を歪めた。

婚約者のすげ替えが起こった時は、大体前の婚約者に殺されることが多いのだ。今回の場合なら、ルギア王子。彼の『カタナ』とやらで斬られて死ぬ、という辺りが妥当だろう。

「……死ぬほど気持ちが落ち着いたわ」

想像して、どこか浮かれていた気持ちが一瞬で沈んだ。

やっぱりシャムロックはない。あり得ない。

少々ときめこうがなんだろうが、アレのせいで死ぬと思った瞬間、全ての気持ちが冷めるというものだ。

そしてルギア王子と婚約したところで、シャムロックの邪魔が入るから……もしかして、すでに今の時点で詰んでいないだろうか。

「婚約者が決まった時が死へのカウントダウンの始まりって……笑えないわよね。でも、今までそうだったんだもの。もう私が死ぬことは決まったと思っていい……か」

いや、もしかしたら今世のシャムロックは、私に執着したりはしないかもしれない。

婚約したと言っても笑顔で「おめでとうございます」と言って、私の嫁入りを心から喜んでくれるかもしれないのだ。何せ、今世の彼はただの友人でそれ以上ではないのだから。

「……それはそれでなんかムカつくわね」

私に興味がないみたいではないか。私はこんなにシャムロックを気にしているというのにそれは不公平だと思う。

とはいえ、いきなり豹変《ひょうへん》されて「姫様は僕のものです」となられて、結果死ぬというのも遠慮したい。我が儘《まま》を言っているように聞こえるかもしれないが女心は複雑なのだ。

死にたくないが、気になっている男に興味のない態度を取られたくない。それが本音なのである。

「はっ……！　違う！　気になってないの!!　ないったら、ないわ！」

……自分の思考に気づき、慌てて修正した——が、もう駄目かもしれない。

いい加減、彼への気持ちを否定するのもしんどくなってきた。

「はあ……」

嫌になってしまう。

今世のシャムロックは、私に執着するのだろうか、それとも友人として祝福し、笑顔で結婚する私を見送るのだろうか、それがどうしても気になって仕方なかった。

「答えが得られたところで、私にできることなんて何もないのにね……」

ぼんやりと呟き立ち上がる。

そろそろこうしているのも限界だろう。夜会に戻らなければならない。

暗くなってしまった気持ちを会場に戻るまでになんとか立て直さなければ。そんな風に思っていると、誰かが中庭の小径《こみち》を歩いてくるのが見えた。暗くて顔までは見えないが、仕立てのいい服が見えたので、婚約者候補の誰かが探しに来たのかもしれない。

——だとすれば、暗い顔なんてしていられないわね。

きちんともてなすのが、ホスト側の役目だ。そう思い、その場にじっと立っていると、その誰かは私に気づいたようで声をかけてきた。

「姫様！　こちらにいらっしゃいましたか」

「え？　シャムロック？」

聞こえてきた声にギョッとした。驚いていると、徐々に彼の顔が見えてくる。

間違いなくそれがシャムロックだと気づいた私は、慌てて彼に駆け寄った。

「どうしてあなたがここに？　今日の夜会にあなたは参加していなかったわよね？」

今日は私の見合いなのだ。それに『神の寵児』たるシャムロックはその存在だけで私と同じように注目を集めてしまう。だから彼は今夜の夜会には出ていなかったはずなのだが、やってきた彼は間違いなく私の知るシャムロックだった。

「夜会には出ていませんが、陛下のご命令で、別部屋から様子をうかがっていました。姫様に何かあっては困りますから」

「そ、そりゃあ、シャムロックがいれば安心だけど」

公爵家の御曹司でもうひとりの『神の寵児』。その彼を護衛として使うのはどうなのだろうか。

そう思ったのだが、シャムロックは真剣な顔で言った。

「僕が立候補したんです。姫様をお守りしたいと。陛下はそれを許して下さっただけです」

「そ、そう……」

ちょっと嬉しいと思ってしまった。最悪だ。

彼が護衛として待機していたと聞いて納得するも、どうしてシャムロックがここにいるのかが分からない。それを尋ねると、シャムロックはムッとしたような顔をした。

「姫様がルギア陛下と中庭にお出になられたことは知っています。ですが、戻ってきたのは殿下おひとり。気にならないわけがないでしょう?」

「そ、それは……」

確かにその通りだ。ふたりで抜け出したのに、戻ってきたのがひとりだけなんて、何かあったのかと邪推するには十分すぎる。

「……少しだけ、ひとりになりたかったのよ。だからルギア殿下には先に帰っていただいたの」

正直に今、ここにいる理由を話すと、シャムロックは胸を撫で下ろした。

「そうですか。ルギア殿下に何かされた、というわけではないのですね?」

「そんなわけないじゃない。あの方はとても紳士だったわ。話をしていてもとても楽しかったし」

ルギア王子の潔白を主張する。

実際、彼は私に対して始終優しく、丁重に接してくれた。その彼を悪く言われるのは、それがたとえ心配してくれたからだとしても許せなかったのだ。

――あ、そうだわ。

ふと、魔が差した。

シャムロックとふたりきりという現状。これは先ほど抱いた私の疑問を解決するチャンスなのではないだろうか。

――私がルギア王子に求婚されたと言ったら、シャムロックはどう反応するのかしら。

いつものように私に執着して嫉妬を押し出してくる？　それとも友人としての顔を崩さない？

どうしてもその反応が知りたかった私は、いい機会だと思い、シャムロックを試すことを決めた。

してはいけないことだと分かっている。だけど、止めようとは思わなかった。

だって私は彼がどう答えるのか、知りたいのだから。

「ねえ、シャムロック」

「はい」

ドキドキしながらも、こちらを見てくる彼に微笑んでみせる。彼の顔が分かりやすく赤くなった。

やはり友人としての距離を保っていても、彼は私のことを好いている。それが分かる表情だった。

そしてそれを見た私は確信した。

答えはほぼ間違いなく『執着』パターンだな、と。

愛する私を誰にも奪われたくないと、気づいた時にはシャムロックが婚約者に納まっているパターンだ。どうやって毎度私の婚約者の座を奪い取っているのかは知らないが、彼にはそれができるだけの力がある。

それなら最初から婚約者になっていればと思わなくもないが、その場合はシャムロックが婚約者の座から引きずり落とされて、無理心中を図る展開になるのだ。

大体は、婚約者が途中で誰かに変わる。もちろん変わらない場合も何度かあったが、それはほんの数回だし、そういう時は、何か別の事件に巻き込まれて死ぬのだ。

どう考えても『婚約』が私の死へのカウントダウンである。とはいえ、婚約を回避して独身を貫こうとしても失敗するから、私にできることは何もないのだけれども。

――詰んでると分かっている人生を何度も繰り返すのって、本当疲れるわね。

クインクエペタ様のご意志でなければ、とうに放棄していると断言できる。

考えれば考えるほど憂鬱になる。だけど今はうんざりしている場合ではない。

目の前の男に集中しなければ。

思考を中断し、シャムロックを見る。

彼は私の言葉を待っている。

言おうとした疑問の答えは、彼の表情で察したけれど、せっかくなのだ。直接彼から言葉を聞いてみるのも悪くないだろう。これで執着されたところでいつもと変わらない……というか、ちょっとされたいと今なら思っているし……って、違う！

――本当、自分が嫌になるわ。

すぐにシャムロックへと気持ちが傾きそうになるのを必死で抑え、私はなんでもないような態《てい》で彼に聞いた。

「私、さっき、ルギア殿下に求婚されたの。帰国時に一緒に来て欲しいって。妻になって欲しいと言われたわ」

言った。言ってしまった。これで後戻りはできない。

ドキドキしつつもシャムロックを見上げる。大人になった彼は身長が高く、少し見上げないと視線が合わないのだ。

「どう思――」

「おめでとうございます」

「え……」

紡がれた言葉に耳を疑った。

おめでとう？　今、彼はそう言ったのか。

「シャムロック？」

「東方のブロッサム王国については、僕も知っています。陛下からも姫様の結婚相手の第一候補として考えていると聞いていますし、宜しいのではないでしょうか」

「は？」

──宜しいのではないでしょうか？

予想していた回答とは違うものが返ってきた衝撃で咄嗟に言い返せない。目を白黒させる私にシャムロックは更に言った。

「もちろん、あなたが彼を好ましいと思えば、の話ですが。陛下もそうおっしゃっていましたし」

「……シャムロックは嫌だ、とか思わないの？」

声が掠れた。頭がグラグラする。

私の問いかけにシャムロックは柔らかな笑みを作り頷く。

「それは僕の自由になることではありませんから。それに僕の望みはあなたが幸せになることです。ですから、あなたが彼を好きだと言うのなら、笑顔で見送るだけです」

「えがおでみおくる……」

それは一体誰の言葉だ。

あまりにもらしからぬ答えすぎて、頭が理解することを拒否する。

シャムロックの台詞とは到底思えなかった。

彼は絶対に嫌だと、あなたの相手は僕だと言うのだと思っていたのに──。

──まさかもうひとつの『笑顔で祝福する』の方だなんて思うはずないじゃない！

一応、その可能性もあるとは考えていたが、ほぼゼロだと思っていたのだ。なのにそれが選択されて、私は何と言えばいいのか分からなくなっていた。

「そ、そう……あなたは私を祝福してくれるのね」

やっとの思いで出た言葉は誰が聞いても分かるくらいに震えていた。それなのにシャムロックは何も言わない。それがものすごく辛かった。

「祝福……そうですね。ええ、そうあれたらなと思っています」

「っ！　わ、私、会場に戻るわ！」

もう無理だと思った。

我慢できなくなった私は声を張り上げ、彼との話を打ち切った。

「姫様？」

「み、皆様、私のことをお待ちなのでしょう？　それに結婚相手候補はまだ他に四人もいて、ルギア殿下だと決まったわけでもないもの。全員とお話ししなければ不公平。そうではなくて？」

「それは、そうですが……」

「でしょう？　そういうわけだから私はもう行くわね」

「あ、姫様……」

シャムロックが私を呼んだが、返事はしなかった。彼をその場に残し、ひとりでずんずんと歩く。

後ろから小走りでシャムロックが追いかけてきたが、どうでも良かった。

頭が痛い。

こめかみがズキズキと痛んで、どうしようもなかった。

——なんなの。

歩きながら、頭を指で押さえる。

この頭痛は、急激なストレスによるものだと分かっていた。
首の辺りが酷く痛む。頭は痛むだけではなく、グラグラして、吐き気までしてきた。
――シャムロックはきっと嫌がると思っていたのに。
私はそんな彼の反応を見て、やっぱりなと思うだけだと考えていたのに。
現実は酷く残酷で、私は今、大いに傷ついている。
そう、傷ついているのだ。
「本当、嫌になる」
後ろをついてくるシャムロックに聞こえないくらいの小声で言った。
分かってしまった。
今回の件で否応なしに理解させられてしまった。
私が、もうどうしようもないくらいに、シャムロックに嵌まっているということに。
でなければ、ここまでショックを受けることはなかった。
私は彼に嫌がって欲しかった。そして執着心を露わにされたいと願っていたのだ。
そんなの、彼を好きでなければ思うはずがない。
――はは……ははは……。
一番惚れてはいけない、惚れるはずのない男に惚れてしまった。
そして私はそれを認めてしまった。
もう、後戻りはできない。私はシャムロックが好きなのだ。

だけどその肝心の彼は、絶対に私のことが好きなくせに、私を独り占めしようとしない。好きだと言ってはこない。

いつまでも友人の座に甘んじて、私が彼以外の男に嫁ぐことすら良しとしているのだ。

今までの彼なら、絶対にそんなこと許さなかったのに。

初めて、この生になって初めて、今のシャムロックより昔の彼の方が良かったと思ってしまった。

自分の欲望にどこまでも正直な彼。そんな彼にずいぶんと振り回されたし、うんざりさせられてきたけど、今の私はそれを懐かしいと、羨ましいとさえ思っている。

いや、今の彼だからこそ私は彼を好きになったのだから、昔の彼が戻ってきたところで、ときめいたりはしないのだろうけど。

気持ちというものは本当にままならないものだ。

「……はあ」

「姫様」

追いついてきたシャムロックをツンと無視する。

好きなくせに、私を手放そうとする彼が、今は心底憎かった。

◇◇◇

会場に戻ってからのことはよく覚えていない。気づいたら、次の日の昼だったから。

だけど父から怒られはしなかったから、それなりに上手く義務をこなしたのだろう。

ベッドの上でぼうっとしながら、私は顔を両手で覆い、力なく呟いた。

「……どうしよう」

シャムロックを好きになってしまった。

いや、好きと認めてしまった。

その気持ちは、寝て起きたくらいで消えるものではなく、認めてしまったことで、より大きなものへと変化している。

「気のせい……ってもう言えないわ」

そっと胸を押さえる。

彼への気持ちはここにある。それは温かく、時に苦く私を苛《さいな》む。

恋を知ってしまった。そして知ってしまったからには、知らなかった頃には戻れない。

「気のせいにできているうちに、消してしまいたかったのに」

育ちきってしまった恋心は、もう私の心を覆い尽くしていて、逃げたくても逃げられない。

向き合うしか道は残されていないのだ。

「……はあ」

何十回目かというくらいの溜息を零す。何もする気になれない。

自分に起こった心境の変化を受け入れるだけで精一杯なのだ。

「……姫様」

ノックの音と共に、シャムロックの声が聞こえた。

昨日、私がおかしかったから、今日になって改めて様子を見に来てくれたのだろうか。

そういうところ、優しくて嬉しいけれど、心の整理がついていない状態で彼に会いたくはなかった。

「……今日はひとりでいたい気分なの。また別の日にしてくれる？」

会いたい、という気持ちがないわけではない。

好きな男の顔を見たい思いはもちろんある。だけどこのグチャグチャな気分で彼の顔を見た私が、何を言い出すか。そう思うと会うという選択はできなかった。

「そうですか。その……姫様にお話があったのですが。また日を改めた方が良いですね」

「話？」

ベッドから立ち上がった。

てっきり彼は私の様子を見に来てくれただけだとばかり思っていたが、どうやらそうではないようだ。

話とはなんだろう。

もしかして、やっぱり私が、自分以外の男と結婚するのは嫌だとか言ってくるのだろうか。

「……いいわ。入って」

少し考えた結果、私はシャムロックに入室を許可した。ベッドから離れ、近くのソファへ移動する。

私が彼と会う気になったのは、昨日の彼の言葉。それを撤回してくれるかもしれないという期待が勝ったからだ。でも、それは当たり前だと思う。

――好きな男に、別の男との結婚を祝福されるなんて地獄、回避したいのよ。

しかも、相手は私のことが好きなのに、である。

彼から自分以外の男と結婚するのを止めてくれという言葉を聞ければ、私のこの乱れに乱れた心も多少は回復するだろう。そう考えた。

「いいのですか？　別に僕は別日でも構いませんが」

「いいの。話があるんでしょう？」

「……失礼します」

突然入室許可を出したことに戸惑った様子のシャムロックだったが、結局は折れて部屋へと入ってきた。

「……姫様」

「こんにちは、シャムロック。昨日ぶりね」

以前の自分を思い出し、可能な限り自然に振る舞う。ソファに座るよう勧めると、彼は「失礼します」と言って、素直に腰掛けた。

「で、話って？」

早く昨日の言葉を彼自身で打ち消して欲しい。その思いで促すと、彼は己の膝に視線を落としながら口を開いた。

「実は……」

「ええ」

——やっぱり私がルギア王子と結婚するのが嫌なのでしょう？

そう来るに違いないと思い、話を促す。彼はおずおずと口を開いた。

「あの、この度、陛下のおとりなしをいただき、婚約することになりました」

「え……」

ポカンとした。唖然と彼を凝視すると、シャムロックは俯く。

「先ほど陛下に呼び出されて……その、姫様には一番にお話ししておかなければと思いまして、こうして伺った次第です」

「……」

全く、それこそ夢にさえ見なかった展開に、何も言うことができない。

シャムロックが婚約？　私より先に？

何十度となくやり直してきた人生。その中でさえ一度もなかった珍事に、私は完全にパニックを起こしていた。

「え、え、え……シャムロック。結婚するの？　えと、相手は？」

「まだ話だけですが。テラス侯爵家のご令嬢はどうかと勧められました」

告げられた相手の令嬢を、もちろん私は知っていた。

テラス侯爵家の娘。確か、ミラージュという名前だったはず。『神の寵児』ほどではないが、そ

れに比肩《ひけん》するほどの美しさを持ち合わせるという噂の令嬢。

性格は優しく穏やかで、求婚者が後を絶たないという話だった。

その令嬢とシャムロックが婚約？

——え、私は？

彼は私を好きではなかったのか。

いつだって彼は、どんな良い婚約話が持ち上がっても『好きな人がいるから』と断っていた。

だから彼が私以外の女と婚約したことはこの繰り返しの中で一度もなかったし、私もシャムロックはそういう人だとばかり思っていたのに。

そのシャムロックが婚約。

「……」

一体、今回の人生はどうなっているのか。

今までと違いすぎて、何もかもが信じられない。

私とは視線を合わせることなく、シャムロックが言う。

「姫様もいよいよご婚約が決まるということですし、僕もそろそろ身を固めるべきだと陛下に言われまして、その通りだなと。お相手のご令嬢とはそれなりに上手くやれればいいなと思います」

「そ、そう……」

相槌を打つ以外、私に何ができると言うのか。

冷静になれない。頭の中が混乱して、訳が分からなくなっていた。

「話はそれだけです。お時間をちょうだいして申し訳ありませんでした」

シャムロックがソファから立ち上がり、一礼して部屋を出て行く。それを私は呆然と見送った。

「あ……」

扉が閉まる音をただ聞くだけしかできなかった私は、それからしばらくショックでその場から動けなかった。

◇◇◇

私がショックを受けたところで、時間は止まってはくれない。

いつの間にか、ルギア王子に返事をしなければならない期限が迫っていた。

すっかり引き籠もりと化してしまった私はひたすら自室にある肘掛け椅子に座り、自分の気持ちと向き合っていた。

そうしなければ、何も決められないと分かっていたからだ。

「答えなんてとうに出ている。それを認められるかどうかというだけ……」

可能なら、納得できるまでずっと考え続けたい。だけど時間は有限で、もうすぐルギア王子は自国に帰ってしまう。

決められた時間内で結論を出す。それが今の私に求められていることだった。

「……決めたわ」

頭が痛くなるほど考え、椅子から立ち上がる。悩んでいる間、あまり食事を取らなかった。そのせいで一瞬、ふらりと倒れそうになったがグッと堪えた。

倒れているような暇はないのだ。

悩めるだけ悩んだ。そしてどうしても譲れないものが何か分かった。

だから私はそれを守るべく行動するしかない。

最初から道はひとつしかなかったのだ。ただ、決断できるかどうか。それだけのことだっただけで。

私はひとつ決意を固め、彼の元へと向かった。

◇

「シャムロック。久しぶりね」

ルギア王子に返事をしたあと、私は馬車に乗り、シャムロックが住む屋敷へと向かった。

これまでの生での彼は、本邸に住んでいなかったのだが、今世の彼は両親と上手くいっているのか普通にそこに住んでいて、驚きつつも私を迎えてくれた。

応接室に通される。

座り心地のいいソファに腰掛けると、シャムロックは恐縮しきった様子で言った。

「姫様。まさか御自ら来て下さるなんて。お呼びいただければ僕が参りましたのに」

「いいの。その時間が惜しかったのだから」

公爵邸での彼は、いつもと違いずいぶんとラフな格好をしていた。クラヴァットではなくリボンを結び、ベストを着ている。上着も脱いでいた。

――こういうシャムロックって初めて見るわね。

珍しいという気持ちで眺めていたのだが、私の視線に気づいたシャムロックは、恥じるように言った。

「申し訳ありません。姫様の前でこのようなだらしのない格好を。少しお時間をいただけますか？よろしければお茶でも。その間に着替えて参りますから」

「別に気にしないわ」

似合っているし、普段見ることのできない彼を見ることができた。

それに勢いと思いつきで来たのだ。時間を置いたりすれば、言い出し辛くなるのは分かっている。

「シャムロック」

「はい」

「とりあえず座ってちょうだい」

立ったままなのはどうかと思うので座らせる。私の言う通り、正面のソファに座った彼は姿勢を正した。

「座りました。で、姫様。ご用件は」

「私、さっき、ルギア殿下にお返事してきたのよ」

「っ！」

シャムロックが息を呑んだのが分かった。

目がウロウロと泳いでいる。明らかに動揺していた。その態度を見て確信する。

――やっぱり、私が婚約することを良くは思っていないんじゃない。

本気で祝福する気持ちがあるのなら、こんな態度にはならないはず。

そのことにホッとし、気持ちが幾分落ち着いた私は彼に言った。

「なんてお返事したと思う？」

「え、それは……」

瞠目《どうもく》するシャムロックに私は更に言った。

「ルギア殿下にどうお返事をしたか。それをあなたは知りたくないのかと聞いているのよ」

「も、もちろん知りたくないとは言いませんが……僕が聞いて良いこととも思えませんし……」

煮えきらない態度だ。はっきり知りたいと言ってくれればいいのに。

少し苛《いら》つきを感じつつも私は深呼吸をし、冷静であろうと努めた。

「もちろん聞いていいわ。いえ、あなたはどう答えたと思うの？　先にそれを聞きたいわね」

「……」

黙り込むシャムロック。だけどその顔を見れば、眉間は辛そうに中央に寄っていたし唇はギュッと嚙みしめられていた。まるで私が彼を虐めているみたいだ。

――虐められているのは私の方だっていうのに。そんな顔をするのはずるいわ。

私のことを好きなくせに、私以外の女と婚約しようとしている。

それが私に対する虐めでなくてなんだというのだ。

思い出し、余計イライラしてしまった私は少々高圧的に彼に聞いた。

「ねえ、シャムロック。答えて」

「……」

「シャムロック」

もう一度名前を呼ぶと、彼は苦しげな表情をしながらも口を開いた。

「おめでとうございます。その……ご婚約が決まったのですよね。もしかしてもうご出発なのですか？　時間がないから、わざわざ来て下さったと、そういうことなのですよね？」

「……」

そう来るか、と思った。

何も言わない私に、正解だと思ったのかシャムロックはギュッと拳を握り、辛そうに言う。

「……姫様とはこれでもう会えなくなってしまうのですね。僕としては寂しいですが、姫様が幸せになれるのならそれが一番ですから。おめでとうございます」

精一杯の笑顔を私に向け、おめでとうを言うシャムロック。

そんな彼の言葉を聞きながら私は思っていた。

――なんなの。今まで一度だってそんな殊勝なこと言わなかったのに、どうして今になって急に物わかりが良くなるのよ。

私が他国に嫁ぐ展開になるのは今までだってよくあった。その都度彼は、邪魔こそしなくとも、なんとしてでも一緒に行こうと画策していた。

そのせいで、彼との縁談が進んでいた令嬢に殺されたことが、一、二、三、四……ああ、うん。数えるのは止めておこう。嫌になる。

とにかく、だ。

私と離れることなど考えられないはずのシャムロックが、今回に限り、非常に物わかり良く「これでもう会えない」やら「幸せに」やら言い出すのが信じられなかったのだ。

いっそ正直に、「嫌だ」と言ってくれたら、どれだけ嬉しかったか。

だが、思う通りにいかないのが人生というもの。

こう言って欲しいと思ったところで、その通りになることなど殆どない。

期待半分だった私は彼を試す真似は止め、気持ちを切り替えた。本題はこれからなのだ。

「ねえ、シャムロック。まるで身内が亡くなったかのような沈痛な顔をしているところ悪いけど、私、一度もルギア殿下に嫁ぐなんて言っていないわよ」

「え……」

シャムロックが顔を上げる。私は平然と彼に言った。

「だって今回のお話。お父様は私の希望を聞いて下さると言ったもの。嫁げと言われたのならもちろん頷くつもりだったけど、好きにして良いのならお断りするわ。だって私、あの方のことを好きにはなれなかったのよ」

つまりはそういうことだ。

先ほど私は中庭で、ルギア王子とふたりきりで会い、自らの出した結論を告げた。

それは彼の申し出を受け入れられないということであり、ひとりで国に帰ってもらうという話であった。

◇

「ごめんなさい。あなたの気持ちはとても嬉しかったのですけど」

ルギア王子から求婚されたのと同じ場所。

中庭の奥。噴水の前で私は彼にそう告げた。

期待はさせない。だから、結論は最初に言おうと決めていた。

私の返事を聞いたルギア王子は落胆の色を見せながらも気丈に微笑んでみせた。

「いや、そんな気はしていました。きっと、私の気持ちは受け入れてもらえないのだろうな、と」

「本当にごめんなさい。あなたのことは良い方だなと思うんです」

「でも、恋愛感情ではない?」

茶目っ気たっぷりに尋ねられ、私は泣きそうになりながらも頷いた。

「はい」

その通りだった。

きっと父が『嫁げ』と命じれば、私は頷けたのだろう。良い方に当たったな、ラッキーだなと思い、彼についていったのだと思う。

だけど、私が決めていいと言われると、どうしても「はい」とは言えなかった。

「ひとつ、聞いてもいいですか？　やはりあなたには思い人が？」

「それは――」

否定しようとして、止まる。

彼は誠実に私に接してくれた。今だって、私の酷い結論を受け入れようとしてくれている。そんな彼に誤魔化しや嘘を言いたくはなかった。

だから私は首を縦に振る。

「はい」

頷いた瞬間、涙が零れ落ちた。

「います。彼が心の中から出て行ってくれません。だから――ごめんなさい」

「……そうですか。国王陛下は最初から、『あなたが頷けば』という条件をつけていた。やはりそういうことだったのかもしれませんね」

「え？」

「いえ、なんでもありません」

悲しげに微笑み、ルギア王子は私に手を差し出した。

「最後に握手して下さい。私が初めて惚れた人。あなたを国に迎えられたら良かったのだけれど、あなたにその意志がないことは分かりましたから諦めます。だけど最後に……できればあなたを感じたい。だから握手して欲しいんです」

「はい」

断る理由などなかった。

私は泣きながらも彼の手を握る。

温かい手。武術を嗜むからか、彼の手はゴツゴツとしていた。だけど私は馬鹿だ。

こんな時でさえ、『シャムロックじゃない』と思ってしまう。

優しい人なのに。彼なら私を大事にしてくれると確信できるのに。

私は彼の手を取れない。

「あなたが幸せになれるように、国で祈っています」

最後の最後までルギア王子は優しかった。

私は泣きながら頷き、「ありがとうございます」と「ごめんなさい」を何度も言って、彼と別れた。

◇

「……」

つい先ほどあったことを思い出し、また涙腺が緩んできた。

本当にどうして私はあんな良い男を振ってしまったのだろう。

彼の手を取れば今度こそ私は幸せになれたかもしれないのに。

——幸せになる。

それはクインクエペタ様から与えられた私の命題。

いつも私の手から離れていく、蜃気楼《しんきろう》のような存在。

だけど、今回だけは違ったのかもしれない。

ルギア王子の手を取れば、私は彼の国で彼と共に幸せになれた。

だってシャムロックは私を手放す気でいたのだ。いつもと違い、外国までついてくる気もない。

つまり、その時点で私とシャムロックの関係は完璧に切れるということ。

彼がかかわってどこかで死ぬというといういつもの恐ろしい連鎖が起こらなくなるのだ。

——私、きっと間違えているのよね。

このことに気づいていながら、私はルギア王子の手を取ることを選ばなかった。

幸せになる道が見えていたのに、知らんふりをしたのだ。

そうして今もここにいる。

「……お断りになったのですか」

ようやく理解が追いついたのか、シャムロックが掠れた声で聞いてきた。それに頷く。

「ええ。今言った通り。どう？　嬉しい？」

私が結婚すると思い、あれほど苦しげな顔をしていたのだ。きっと嬉しいだろう。

そう思い尋ねると、彼は無理やり笑顔を作り、私に言った。

「そうですか。それならまた別に、あなたに相応《ふさわ》しい方を探さねばなりませんね。あなたが、好きになれる方を」

その言葉を聞き、反射的に怒鳴りそうになってしまった。

――だからどうしてそうなるのよ！

一言「嬉しいです」と言ってくれれば済むだけの話なのに。

余計なことばかり言うシャムロックにイライラする。

――何よ。本当は嬉しいくせに！

イライラが怒りに変換されていく。

ここまで何十度、彼のせいで死んだと思っているのだ。

私は好きでもなんでもなかったのに、勝手に「好きだ」「愛してる」と囁いて、醜い独占欲を見せつけて、水平線の彼方まで追いかけてきそうなくらいの執着を露わにして、結果的に私をあれだけ不幸にしておいて、こっちが振り向いたら今度は好きになれる方を探せだと？

ふざけるのも大概にして欲しい。

沸々と怒りが込み上げる中、シャムロックは更に火に油を注ぐようなことを言ってくる。

「姫様が好きになれる方を見つけるお手伝いをして差し上げたいのですが、僕もこの間正式に婚約が決まったところで。婚約者へのご機嫌伺いもありますし、残念ですがあまりお役に立てそうにありません」

「は？」

婚約が正式に決まった。

その言葉が私の胸を貫く。言葉で痛みを感じるというのは聞いたことがあるが、まさか実感する羽目になるとは思わなかった。

ギュッと太股をドレスの上から摑む。

キツすぎる痛みを押し隠し、なんでもないような口調で言った。

「……そう。婚約、正式に決まったの」

「はい。挙式の日程はまだですが、そのうち発表したいと思っています」

穏やかに微笑み、私に報告する彼。

そんな彼を見ていると、どうして自分だけがこんなにも苦しまなければならないのだろうという気持ちになってくる。

自分を好きにならせておいて。

幸せになる道を閉ざさせておいて。

そのくせ自分は、私以外の女と幸せになるというのか。

――前の私と何が違うっていうのよ！

私は何も変わっていない。私は私だ。

だけど事実として、今回彼は私になんのアプローチもしてこない。

好きだと思っているのは確実だろうが、最初から諦める気満々なのだ。

そんなのシャムロックではないと思うのに、彼はそれを実行するようで、今だって私に手を伸ばそうとしない。

伸ばしてくれさえすれば、摑んでもいいとこっちは思っているのに！

——腹立つ。

ものすごく腹が立った。そして同時にひとつ、決めた。

こうなれば、私に思いを伝えずにはいられないほど、彼には私を好きになってもらうよりないだろう、と。

きっと好きのレベルがまだ低いのだ。それをもっと押し上げてやって、私のことを好きで好きで堪らなくさせてやればいい。

どこまでも私を追いかけ、私なしでは生きていけないと思わせてやればいいのだ。

私を惚れさせたのだ。それくらいになってもらわなければ割に合わない。

——ええ、そうね。そうしましょう。

目が据わっている自覚はあった。

こちらからシャムロックを追いかける。告白するという選択は最初からなかった。

それは何故なのか。そんなの決まっている。

私はシャムロックに今まで数えきれないほど苦しめられてきた。

彼のせいで婚約が台無しになったことも両手の指では足りないくらいだ。

そんな、私にとってどこまでも死神である彼に、どうして私が追いすがらなければならないのだ。

私に破滅をもたらすと分かっている男を好きになってしまっただけでも腹立たしいのに、その彼を私が追いかける？　冗談じゃない。

せめて、『好きだ、一緒にいさせて下さい』と縋りついてきてもらわなければ私のプライドが許さない。

「……」

「姫様？」

何も喋らなくなった私を訝《いぶか》しんだのか、シャムロックが声をかけてくる。私は無言で立ち上がった。そうして扉へと向かう。シャムロックが慌てて追いかけてきた。

「姫様。どうなさったのです？　何か僕、姫様のお気に障るようなことを言ってしまいましたか？」

「違うわ。用事があったことを思い出しただけ。邪魔したわね」

そうと決まれば、作戦を練らなければならない。

今、シャムロックと会話を続けることに意味はない。今すぐ自室に戻り、彼を私に夢中にさせる方法を考えなければならないからだ。

――絶対に、絶対に、徹底的に惚れさせてやる。後悔しても遅いんだから！

変な方向にやる気を出した私は、追いかけてくるシャムロックを無視して、乗ってきた王家所有の馬車に悠々と乗り込んだ。

第五章　上手くいかなくてイライラする

なんとしてでもシャムロックをメロメロにしてやる。

そう決めた私は、それからできる限りの努力をした。

まずは、外見。

元々傾国とも謳われる私ではあるが、それはあくまでクインクエペタ様あってのもの。私自身が努力して得たものではない。それに、シャムロックは同じレベルの美貌なのだ。彼に『美しい』と見惚れてもらうには修練が必要だと思った私は、基礎化粧品から見直した。

「姫様はお美しいのですからこれ以上何かなさる必要はないと思いますけど」

そんな風に言ってくる女官を無視し、化粧水や美容液、保湿クリームなど、自分の肌にあったものを一から選び直したのだ。

「このクリーム、塗ると少し赤みが出るわ。却下。この化粧水は保湿成分が足りない。別のものを持ってきて」

一切妥協はしなかった。

私は良いという評判の化粧品を片っ端から試し、己の肌にピタリとくる商品を見つけ、徹底的にスキンケアをした。

もちろん顔のケアだけでは不十分だ。身体にも気を遣わなければならない。

元々、運動はしていた方だが、寝る前のストレッチを追加した。面倒だと思っていたお風呂上がりのマッサージも身体のケアを気にするようになってからは積極的に取り入れた。

今まで女官たちに任せきりにしていたケアの数々に口出しをし、自分に合ったもの、好みのものを積極的に探した結果、当たり前だが私は更に美しくなった。

もちろんそれがゴールではない。

いくら美しくても馬鹿では駄目だ。

そう考えた私は、新たに外国語の勉強を始めることにした。元々母国語の他に三カ国語話せた私だが、更に必要と思われる言語を選択。時間を惜しんで勉強した。

同時に外国の文化も学んだ。各国の伝統文化などを勉強し、外交に活かせるよう机に齧《かじ》りついた。

外交を担当する文官たちに教えを乞い、必要な技術を習得するべく頑張った。

全部全部、シャムロックをより惚れさせるためだった。

こんな完璧な女は他にいない。やはり私が一番だと彼に思わせるため。

だが、それは見事に裏目に出た。

磨き抜かれた美貌。そして努力を怠らない姿勢。

それらの噂は諸外国にまで広がり、私は以前よりもモテモテになってしまったのだ。

それこそ毎日のように求婚の文が届くような有様。

私はシャムロックにさえモテれば良かったのに、ままならない。

ギリィと歯がみしたが、そこで気がついた。

これだけ皆から持て囃《はや》されるようになったのだ。シャムロックにも同じことが起こっているのではないかと。

すでにシャムロックは私にメロメロ。嫉妬に身を焦がし、眠れぬ日々を送っているのではないか。

そう考えた。

――十分にあり得る話よね。

これは様子を見に行かないと！

完璧な私になるまでは、シャムロックに会わないようにしようと思っていたが、彼がどんな感じなのか偵察に行くことは大切。自分に言い聞かせた私は、彼が城に来ている時を見計らい、様子を探ってみることに決めた。

◇◇◇

――当日。

翻訳の仕事でシャムロックが王城に来ていると聞いた私は、急いで彼のいる文官たちの部屋へと向かっていた。

仕事が終われば、シャムロックは帰ってしまうだろう。その前に捕まえたかったのだ。

だが――。

「このようなところでお会いできるとは、僥倖《ぎょうこう》。マグノリア姫、あなたと一度話してみたかったのです」

「マグノリア殿下。あなたは今日も女神の如くお美しい。宜しければ私のサロンでお茶など如何ですか？」

「姫様。実は新しい音楽家を雇い入れたのです。チェロが得意な男でしてね。宜しければ、いらっしゃいませんか」

城の廊下を歩いているだけで、あっという間に男たちに囲まれてしまったのだ。

「悪いわね。私、急いでいるの」

用事があると伝えるも、彼らは退く様子を見せない。

以前までなら、私はどうせ外国へ嫁ぐのだと思われ、遠巻きに見つめられるだけだったのに、最近ではそんなことは関係ないとばかりに、どの男たちもあからさまに自己アピールしてくる。

それが心底鬱陶しいのだが、城に出入りしているような貴族は、父にとっては大事な人材。あまり強くも出られず、曖昧な態度を取っているうちに、押せばいけると思われたのか、やたらと囲まれるようになってしまったのである。

――私が欲しいなら、直接お父様に言えばいいのに……！　こういうのが一番迷惑だわ！

無駄に時間を取られ、行きたいところにも行けない。

このままではシャムロックが帰ってしまうではないか。

とはいえ、すっかり囲まれてしまって逃げ道は塞がれている。

さてどうしたものかと思っていると、彼らの後ろから声が聞こえてきた。

「姫様は急いでいるとおっしゃっています。それを邪魔するのはどうかと思いますね」

――シャムロック！

少し低めの不機嫌だと一発で分かる声。その声を聞き、私は尋ね人が自分からやってきてくれたことを悟った。

「シャムロック……！」

声を上げると、彼は男たちをかき分け、私を助け出してくれた。

「姫様。大丈夫ですか？」

「え、ええ」

シャムロックの背に庇われ、その後ろ姿にときめいた。

――えっ、格好いい。

私を守ろうとしているのが分かる背中が、信じられないほど格好良かった。

以前、私を殺そうとした男から庇ってくれた時はなんとも思わなかったのに、好きと自覚したあとだと途方もなく素敵に見える。

また心臓が早鐘を打ち出す。

思わず口元を手で覆う。

より美しくなった私に彼がどう反応するのか見に来たはずなのに、これはいけない。

私の方が、彼にメロメロになっているではないか。

――だ、駄目駄目。そうじゃないんだって！

助けてくれたのは有り難いが、ときめいている場合ではないのである。本当に好きという気持ちは厄介だ。場所や状況を問わず、勝手に私をときめかせてくる。

――鎮まれ、鎮まって！

ドキドキする気持ちを必死で抑える。赤くなった顔に気づかれたくなくて俯いていると、私を庇ったシャムロックは不快げな様子で男たちに言った。

「それで？　あなたたちはどんな緊急の要件があって姫様を足止めしていたのですか？　僕にも分かるよう、説明してもらいたいですね」

堂々と告げるシャムロックに、私を取り囲んでいた男たちは鬱陶しげに顔を歪めた。

「……ちっ。シャムロックか。正義の味方気取りは止めてくれ」

「そうですよ。もうひとりの『神の寵児』。あなたには関係ありません」

「私たちは姫様をお誘いしていただけ。何も責められるようなことはしていません」

口々に文句を言い、身の潔白を主張する彼らにシャムロックは冷たく言い放った。

「ええ、あなたたちの言う通り、僕は姫様と同じ『神の寵児』です。つまり、僕たちを怒らせれば神罰が下るということになりますが――。もちろんあなた方はそれを分かった上で、そのようなことを言っているわけですよね？」

「っ！」

シャムロックのあからさますぎる牽制に、男たちは言葉に詰まった。

『神の寵児』がどういうものか知っていても、時折それを忘れ、突っかかってくる者は決して少なくない。彼らも同じ。そんな彼らに『神の寵児』がどういうものなのかを改めて突きつけたシャムロックは酷薄な笑みを浮かべていた。

「あなたたちの言う通り、ただ、姫様をお誘いしていたというだけなら、もちろん罰が下るようなことはないでしょうが。いえ、失礼。僕には姫様が嫌がっているように見受けられましたので」

「い、嫌がってなんて……くそっ」

言い訳にならないと気づいたのか、私を取り囲んでいた男たちは悔しげな顔をして去って行った。

それにホッとする。

こういうことは今までにも何度もあったが、どれだけ経験しても緊張するものだ。

「ありがとう、シャムロック。助かったわ」

男たちが去り、ふたりだけになったところでシャムロックに礼を言った。

「いいえ。お役に立てて良かったです。お姿を見かけた時は驚きましたよ、姫様。ここは大勢の貴族が通る場所です。先ほどのようなこともいつまた起こらないとも言えない。いつもはお部屋に籠もられている姫様が、どうして出てこられたのですか？」

「それは……」

シャムロックの言う通りだ。

王族は、いわゆる王族居住区と呼ばれる王族と特別に認められた者たちだけが立ち入れる場所で生活しており、そこから出てくることは殆どない。

それは私も同じで、だからこそ皆がいるような場所に出てきたのを珍しがられ、囲まれたのだ。

でも。

――しょうがないじゃない。シャムロックのいる場所は、ここを通らなければ行けなかったのだもの。

つまりはそういうことだ。

シャムロックと会いたかったから、普段は使わない道を選んだ。そうしたら彼らに囲まれてしまっただけなのだ。

とはいえ、それを素直に口に出すことはできない。だから私は苦し紛れに言った。

「よ、用事があったのよ」

「用事、ですか？」

「そう。大事なね。だから仕方なかったの」

嘘は言っていない。私にとっては、何よりも優先すべき事柄だ。だが、シャムロックはそれで話を終わらせてはくれなかった。

「その用事とは？　姫様おひとりで彷徨《うろつ》くのは危ない。よろしければ僕が同行しますが」

「……」

目的はあなただとは言えないので、ものすごく困った。

どう答えるべきか、悩んでいるとシャムロックが察したように言った。

「僕には言えないというのならもちろん仕方ないのでしょうが……」

「そ、そういうのではないの！　べ、別に今日でなくても構わないような気がしてきたから別の日に出直すわ！」

「……そう、ですか？」

大事な用事があったと言ったくせに、舌の根の乾かぬうちに今日でなくても構わないと言い出した私をシャムロックは不審げに見つめてきたが、私は笑顔で乗り切った。

「そうなの。そういうことだから。っと、あ。シャムロック。ひとつ聞きたいんだけど」

「？　なんでしょう」

話のついでのように見せかけ、本題に入る。

「最近の私、どうかしら。自分でも結構頑張っていると思うのだけど」

シャムロックがどう思っているのか知りたかった。

ドキドキする気持ちのまま尋ねる。シャムロックはキョトンとした顔をしたあと、「ああ」と理解した風に頷いた。そうして嬉しそうに笑みを浮かべる。

「最近の姫様は、美しさに更に磨きがかかったように思います。僕には到底手の届かない高嶺の花なのだなと。そういえば、お聞きになりましたか？　サヴィニア帝国のレヴィン皇帝が姫様を妻に貰い受けたいとおっしゃっているとか。さすがは姫様ですね」

――違う！

美しくなったと褒めてもらえたのは嬉しいが、私が求めていたのはそれではない。

帝国から嫁入りの話が来て、さすがと言われたかったわけでは断じてないのだ。

「わ、私はその話、まだ聞いていないけど……その、シャムロックはどう思うの？」

「素晴らしいお話だと思っておりますよ。皇帝の正妃なら姫様に相応しい嫁ぎ先だと思いますから。

ただ、帝国は遠いので嫁がれたあとは、本当に二度と会えなくなってしまう。それは寂しいですね」

「……」

穴が空くほど彼の顔を見た。

その表情の中に、嫉妬や恋情を探したが、上手く隠しているのか一切窺うことができない。

――え、もしかして、私のこと、どうでも良くなってるとか？

嫌すぎる想像をして、背筋が冷えた。

シャムロックが私を好きでなくなる日が来るなんて、想像したことすらなかった。

絶対に彼は私のことを好きに決まっている。いつだってその前提で行動してきた。

だからここまで完璧に感情を隠されると、ものすごく不安になってしまう。

「あっと……その……」

「いつまでも立ち話というのは良くありません。用事が今日でなくて良いとおっしゃるのでしたら、日を改めては如何でしょう。お部屋までお送り致しますよ」

「そ、そうね。お願い」

シャムロックの言葉に頷くと、彼は「どうぞ」と優しく微笑みながら手を差し出してくれた。

その手に己の手を預ける。彼のエスコートは完璧でそんな姿にさえときめいてしまう。

「……嫌だわ」

自分ばっかりがシャムロックを好きかもしれないと想像し、ゾッとした。

シャムロックに部屋まで送ってもらい、お礼を言って扉を閉めた。無言でベッドに行き、思いきりダイブする。

「……駄目じゃない」

魅力的な女性になって、彼をメロメロにするつもりだったのに。知ったのは、好きなのは私の方だけかもしれないという可能性。

私は彼に会う度にもっと好きになっているというのに、彼は違うかもしれないというのが恐ろしかった。

「なんなの。どうすればシャムロックは私を見てくれるの？」

今までは何もしなくても、シャムロックは私の側にいた。絶対に私の側から離れなかった。だから分からないのだ。どうやって彼を繋ぎとめればいいのか。

「……いいわ。とりあえず努力は続けましょう」

シャムロックも褒めてくれた。美しさに磨きがかかったと言ってくれた。

そのあとに続いた言葉は私の望んだものではなかったけれど、彼の目から見ても私は美しくなっているらしい。そう認識されているのなら続けるべきだ。

「それくらいしか、できることはないものね」

私は馬鹿だった。

ここまで来ても、自分から告白するという選択をしなかった。

絶対に、彼の方から先に『好き』の言葉を引き出してやると意地になっていたというのもある。

何十回となく人生をやり直し、その間ずっと王女なのだ。プライドはそれなりに高い。

自らの矜持を守るためにも、せめて彼から告白してもらいたいと拘っていた。

「……馬鹿シャムロック。さっさと私に堕ちなさいよ」

彼に告白されてそのあとどうするかは考えていない。考える必要もないと思っていた。

何故なら、私が彼を好きになったところで、彼が私の死神だという事実は変わらないからだ。

なんらかの意図が働き、死ぬ結末が待っているだけだろう。

彼が婚約者になろうと、婚約者がすげ替えられようと。何があっても終わり方は変わらない。

最後に私の死が訪れ、そしてこの生は終わるのだ。

シャムロックにかかわれば私は死ぬ。

それは嫌と言うほど理解していたけれど、彼から『好き』という言葉を聞けるのならば、今世はもう死んでしまっても構わない。むしろ本望だと私は思い始めていた。

◇◇◇

それからまた日は流れ、私はなんと二十歳の誕生日を迎えることとなった。

二十歳。

今までで最長記録である。まさか自分が二十歳を無事に迎えられるとは思わなかったので、誕生日の朝は思わず自分の頬を抓ってしまった。

「夢じゃない……」

頬はジンジンとした痛みを訴えてきており、今、私が現実を生きているのだと知らしめてくれる。

ベッドの上でぼうっとしていると、私専属の女官が朝の挨拶にやってきた。

「姫様、おはようございます。本日は姫様のお誕生日をお祝いする夜会が……って、何をしていらっしゃるのですか？」

「え？　ちょっと、これが現実か確かめたくて頬を抓っていたの」

現場を目撃されてしまった。

気まずくなり、さっと手を放す。女官は目を丸くしたあと、慌てて私の頬を観察した。

「ああ、良かった。痕はついていませんね。姫様の美しいお顔に傷がついたらどうなさるおつもりですか。それでなくとも今日は大事な夜会があるというのに」

「ごめんなさい。気をつけるわ」

ウィステリア王国では二十歳で成人となる。

今日の夜会は私の成人を祝うためのもの。国中の貴族が出席するその夜会には、当然シャムロックもやってくる。

最近、シャムロックに会う機会が少なかったので、彼と確実に会えるこの夜会を、実は私は密かに楽しみにしていた。

「今夜は姫様が主役の夜会です。姫様の美しさを出席者の方々に見せつけてやりましょうね。腕が鳴ります」

ニコニコしながら女官が言う。それに頷きながら、私は好きな人に会えるのが待ち遠しいと思っていた。

◇◇◇

私の誕生日を祝う夜会は、盛大に執り行われた。

城の大広間を開放して行われたその会は、国内貴族だけではなく、国外からも賓客を招いている。

マーメイドラインが美しい白のドレスを身に纏い、上座に据えられた椅子に座った私は参加者からの祝福を受けていた。

「姫様、お誕生日おめでとうございます」

「おめでとうございます、姫様。今日もなんと美しい」

「ありがとう、皆さん」

美しい笑顔を作り、ひとりひとりに答えていく。祝辞を受けるのも王女としての仕事のひとつだし、祝ってもらえるのは純粋に嬉しいので、嫌な時間ではなかった。

だけどシャムロックが来ない。

いつもなら早い時間に来て、私をエスコートしてくれるのに、どうして今日のような大事な日に限って遅いのだろう。若干苛つきを感じていると、ついにその時が来た。

「姫様」

「あら、シャムロック」

彼の顔を見て、ホッとした。宴も半ばに差しかかっている。もしかしてだが、今日は来ないなんて可能性もあるのではと不安になっていたからだ。

ちょうど父は席を外しており、私だけが席に座っている。彼の隣には貴族女性がひとり立っていた。シャムロックの瞳を思わせる青いドレスを着ている。それがなんだか妙に苛ついた。

——何あれ。

イライラする気持ちを抑えつける。彼女が青いドレスを着ていることに意味はない。私が苛つく必要など何もないのだ。

——落ち着いて。落ち着くのよ。いつも通り、王女らしく……。

自分にそう言い聞かせる。

シャムロックは私の心情に全く気づかず、笑顔で祝辞を述べた。

「姫様、お誕生日おめでとうございます。姫様が無事、この日を迎えられたこと、心よりお喜び申し上げます」

「大袈裟ね。でもありがとう」

悪くなっていた機嫌が一瞬で上昇した。

だって好きな人に誕生日を祝ってもらえたのだ。何よりの贈り物だと思う。

作り物ではない笑顔で祝辞を受け取り、一緒にいる女性へと目を向けた。

一応聞いておかなければと思ったのだ。

「シャムロック、そちらの方は？」

名前は知っている。だけどどうしてシャムロックと一緒にいるのか分からないと思っていると、彼は「ああ」と頷き「ご紹介が遅れました」と言った。

「僕の婚約者です。ミラージュ・テラス侯爵令嬢。今日は彼女をエスコートして来ました」

「え……」

時が止まる。

愚かな話だが、ミラージュ・テラスという名の女性が、シャムロックの婚約者であることを、今の今まで忘れていたのだ。

「あ……婚約……者？」

喉が詰まる。息ができない。

動揺する私にシャムロックが彼女の腰に手を回し、笑顔で言う。

「ええ。姫様には以前お話ししたと思いますが、彼女が僕の婚約者です」

そう言ったシャムロックの表情は穏やかで、婚約を嫌がっているようには見えなかった。

女性が私に向かって挨拶をする。

「お初にお目にかかります。ミラージュ・テラスと申します。姫様、本日はおめでとうございます」

「え、ええ。ありがとう」

「姫様のお人柄はシャムロック様より伺っております。『神の寵児』というだけでなく、常に努力を怠らない素晴らしいお方だとか。お目にかかれて光栄です」

「……」

私は何も言えず、ただミラージュと名乗った女性を見た。

私たちとは違う金色の髪が綺麗にカールされている。社交界の華と呼ばれるに相応しい美しい女性だ。

でも——。

——私の方が綺麗じゃない。

誤魔化しきれなかった。見事に本音が飛び出した。

眉が中央に寄ったのが自分でも分かる。

そうだ。彼女よりも私の方がずっと美しい。それなのに私はその女に負けると言うのか。

——そんなの嫌。

シャムロックが彼女に優しい笑みを向けるのも、彼女と結婚してしまうのも、何もかもが許せなかった。

だけど私には王女としてのプライドがある。ここで喚《わめ》くような真似はできないし、したくなかった。

私は渾身の力で笑顔を作り、彼女に言った。

「婚約おめでとう」

「ありがとうございます」

「姫様、では、僕たちはこれで」

シャムロックがミラージュをエスコートし、私の前から立ち去る。

それを見送る私の心の中はグラグラと煮えたぎっていた。

——ふふ、ふふふふふ。

彼女のことも、シャムロックのことも何もかもが許せなかった。

身体の奥底から怒りとか憎しみといった、表現のしようのない汚いものが湧き上がってくる。

これが嫉妬ということは理解していたが、抑えられなかったし抑えたくもなかった。

それでもここは夜会会場で、私は今夜の主役。

皆が私に注目している中、妙な行動を取るわけにも、さっさと退場するわけにもいかない。

私のプライドにかけて、完璧に役割を果たさなければと思っていた。

制御できないほどの激しい気持ちを押し隠しつつ、いつもの自分を演じていると、シャムロックたちが踊り始めた。

婚約者とのダンス。

当たり前と言えば当たり前である。

これは『神の寵児』であり、次期公爵となる彼の仕事のひとつなのだから。

だが、それが分かっていても私は彼らを直視することができなかった。

ふたりのダンスは美しく、完璧だった。

一緒にいるのが当然と思えるような一対。美しいシャムロックに金髪の美しい彼女はとてもお似合いだった。

ダンスが終わる。観客は惜しみない拍手を送ったし、私も自らのプライドのために、同じようにした。

だけど心中は荒れ狂っていた。

だって、私は今まで一度も彼と踊ったことがなかったから。

それは何故かと言えば、私が断っていたから。

何せ基本的にシャムロックを避けるのが今までの私のやり方だったのだ。死神は徹底的に遠ざけるし、そんな彼と誰がダンスを踊りたいものか。普通に考えて、無理だと思う。

だから今まで彼に何度強請《ねだ》られても踊らなかったし、何なら誰か他の女と踊ってこいと冷たく突き放してきたのだが……実際に目の前で他の女と踊られるとものすごく辛い。

——自分の気持ちが変わると、受けるダメージもここまで変わるものなのね。

シャムロックを好きでなかった頃の私なら、今のダンスを見て、涙を流すくらい喜んでいたはずだ。

ようやくシャムロックが私から離れてくれた、私以外の女性に目を向けてくれた、これで私は自由だと祝杯を挙げていただろう。それは否定しない。

だけど今は違うのだ。

今の私はシャムロックのことが好きで、だからこんなにも胸が苦しい。

「姫様。よろしければ私と踊っていただけませんか?」

未婚で、まだ婚約者のいない侯爵家の令息が私にダンスの誘いをかけてきた。今日は気分ではないと断ろうと思っていたのだが……ふと、気が変わった。

「いいわ」

「っ! 本当ですか」

「ええ」

椅子から立ち上がる。

私がダンスを受けると知った皆が目の色を変えたが、知ったことではない。

私はただ、今のこのイライラを何かにぶつけたかった。それだけなのだから。

「姫様……光栄です」

熱に浮かされたように私をエスコートする青年が呟く。

その言葉になんの感情も抱けないまま一曲踊り、そのあとも誘われるまま私は何曲も別の男性たちと踊った。

何人と踊ったのか、疲れ果てた私がダンスフロアを見渡した時には、シャムロックとその婚約者の姿は消えていた。

かつてないくらいに最悪の誕生日だった。

◇◇◇

嫉妬でグチャグチャに感情を乱され、結局自室に戻ってからも碌に眠れなかった私は、その後見事に体調を崩した。

一週間ほど寝込み、ようやく体調に回復の兆しが見え始めた頃、私は父の呼び出しを受けた。

執務室への呼び出し。

怠《だる》さを訴える身体を叱咤《しった》しながら父の元に出向くと、父は心配そうな顔をしながら私に言った。

「マグノリア。大丈夫か。具合が悪いと聞いたが」

分かっているのなら、呼び出したりしないで欲しい。そう思いつつも私は父に言った。

「問題ありません。体調も回復してきましたし、あとは日にち薬かと」

「そうか。本当に大丈夫なのだな?」

「はい」

頷くと、父はホッとしたような顔をし、そうしていそいそと執務机に広げられていた手紙を私に見せてきた。

「マグノリア、喜べ。サヴィニア帝国のレヴィン皇帝がお前を妻に娶りたいと正式に書状を送ってきたぞ」

「え」

唐突に切り出された話に、目を瞬かせた。驚く私に、父は嬉しそうに言う。

「実は、お前の誕生日の夜会、あれにはサヴィニア帝国の文官も参加していてな。お前が皇帝の正妃に相応しいか見定めに来ていたのだ。お前はそれに見事合格した。よくやったぞ！」

「……そう、ですか」

夜会に何名か外国人が招かれていることは知っていたが、サヴィニアの文官がいたとは気づかなかった。

名乗られた覚えもないから、身分を隠して私を調べていたのだろう。それは理解したが、まさかあのボロボロだった夜会で合格判定を下されるとは思わなかった。

何せあの日の後半の私は嫉妬でグチャグチャになっていて、猫を被るどころではなかったからだ。

「ええと……本当に先方は私でいいと？」

信じられなくて確かめたが、父は笑顔で肯定した。

「うむ。是非皇帝の正妃として貰い受けたいそうだ。あちらは大陸一の大国だが、お前ならば正妃としてもやっていけるだろう。何せ最近のお前は勉強意欲も素晴らしく、美しさにも磨きがかかっているからな。お声がかかるのも当然というもの」

「……」

まさかまさかの、シャムロックに惚れさせるべく努力していたことが、帝国の皇帝を釣り上げる結果となってしまったと聞き、私は「そうじゃない！」と父の執務机をドンと叩きたくなった。

——どうして？　どうしてそうなるの？　私はそんなつもりじゃなかったのに……！

確かにシャムロックからも、私が皇帝の正妃にという話があるということは聞いていた。だけどサヴィニア帝国は大陸一の大国で、国土だってウィステリアの十倍以上ある豊かな国だ。私がその妃に……なんていうのはさすがにあり得ないと思っていた。

いくら『神の寵児』が生まれる、皆から一目置かれる国といえども、ウィステリアは小国なのだ。お声がかかった事実が信じられなかった。

「先方は、すぐにでもお前を迎えたいとおっしゃっている。マグノリア、問題ないな」

「あ、それは——」

シャムロックの面影が脳裏に過った。

それを必死で打ち消す。

彼を思っても仕方ない。彼は私ではない女性と結婚することが決まっているのだから。

夜会の日、シャムロックとその婚約者を見て理解した。

彼らはお似合いだ。きっとこのまま結婚し、幸せな人生を送るのだろう。そんな風に思えた。

彼らに私は邪魔なのだ。

ずっと考えていた通り、シャムロックには私ではない彼女と幸せになってもらって、私は私で別の男性と生きる。それが誰にとっても幸福な結末。

きっと私は、今度こそ幸せになれるのだろう。

シャムロックがいない国で、皇帝の正妃となり、彼の子を産み育て、ここではない国を祖国として土に還る。そうして今度こそ、このよく分からなかった繰り返しを終えるのだ。

シャムロックだって、私と縁が切れることで幸せになれるだろう。

あの彼女と家庭を築き、子を儲《もう》け、暮らす。

私にとってシャムロックが死神だったのと同じように、彼にとっても私はきっと死神だったのだろうから。

私たちは、かかわってはいけない定めなのだ。

「……」

「マグノリア?」

返事ができない。

全部分かっているのに、何が正しいのか理解しているのに、どうしても「はい」という返事ができなかった。

——これはお父様の命令。

命令。そう、命令だ。

形こそ私に尋ねてはいるが、これはもう決まってしまっていること。

父は私をサヴィニア帝国に嫁がせたいのだ。

それも当たり前だろう。サヴィニア帝国は今まで私に求婚してきたどの国よりも大きく裕福だ。

私を貰い受けることでサヴィニアが何を提供してくるのか。父の様子を見ていれば、相当な見返りがあるのだと理解できる。

「……保留させて下さい」

「ん?」

全部分かって、それでも出た答えは『保留』だった。

ハイとは言えない。でも父や国のことを考えるとイイエとも言えない。

保留しかできなかったのだ。

父が怪訝な顔をする。

「保留とはどういうことだ?」

「いえその……まだ実感が湧かないというか……お父様のご意志に逆らうつもりはないのですが」

嘘は言っていない。父に逆らおうとは思っていない。

私は王女で『神の寵児』。国に最大限の利益をもたらす存在であらねばならない。

そしてそう考えた時、皇帝の妻というのは最適解と言える。

答えは『ハイ』しかないと分かっているのに――。

「そうか。だが、そんなには待てぬぞ。十日間の猶予を与える。それまでによく考えろ」

俯いてしまった私に父の声が降り注ぐ。

さすがにそれ以上引き延ばせないと分かっていたので頷いた。

「はい」

考えたって結論は同じだ。

私は皇帝に嫁ぐしかないのだろう。それなのにどうして今『嫁ぎます』と言えないのか。

もったいぶる必要なんてないのに。

――全部シャムロックが悪いのよ。

彼に恋をしなければ、ルギア王子の求婚も今の皇帝との縁談も私は笑顔で頷けたのに。

父の部屋から下がりながら、私は見当違いと分かっていつつもシャムロックへの怒りが抑えられなかった。

◇◇◇

「行ってちょうだい」

縁談の話を聞いてから私が向かったのは、シャムロックの屋敷だった。

どうして彼の屋敷へ行くのか。それは何がなんでも彼を殴ってやらなければ気が済まなかったからである。

このむしゃくしゃとした気持ちをどうにかして彼にぶつけたかった。

もちろんシャムロックに当たるのはお門違いだと分かっている。だけど私がここまで拗らせ、悩む羽目になったのは間違いなく彼に責任の一端がある。

一発殴らせてもらって、この恋心を捨て去り、そうして帝国へと嫁ごうと思ったのだ。

「初恋が実らないことなんてよくある話だし。私は王族なんだからお父様の命令に従うのは当然。実際、今までだってそうしてきた。今世もそうするだけよ」

私は『神の寵児』だから、本気で嫌だと父に訴えれば皇帝に嫁ぐ話はなくなるかもしれない。だが、シャムロックと結婚したいと言う気はなかった。

ここまで来ても私は、自分から彼を望むような真似をしたくなかったのである。

あくまでも彼に望んでもらわなければ意味がない。だけどそれも前回の夜会で、望み薄だなと悟ってしまった。

それは直に彼の婚約者を見てしまったからだろう。

実物を目にしたことで、彼が結婚するのだと実感した。踊っているふたりを見てお似合いだと思った。

そして何より、私と離れれば彼だって幸せになれるのだと気づいてしまったから、私はこの恋を諦めるしかないのだ。

「お互い離れてそれぞれ幸せになる。結局それが正解ってことよね」

そういう意味では、シャムロックに惚れてしまったのは大失敗だった。そのおかげで幸せになれるチャンスをすでに一度、私はふいにしているのだから。新たな機会が訪れたことを私は感謝するべきなのだ。

「姫様。レガクレス公爵邸に着きました」

「ありがとう」

馬車から降りる。

今回は出かける前に「そちらに行く」と言っておいたからか、シャムロックが玄関で待っていてくれた。

「姫様」

「急な訪問でごめんなさい。どうしてもあなたに話したいことがあって」

本当はこんなことはしてはいけない。私たちは幼馴染みだが、適齢期の男女なのだ。

男の家に思いつきで行くなんて、彼の婚約者も良い顔をしないだろう。

だが、これが最後だから許して欲しいと思っていた。

「中に入れてくれる？」

「はい、もちろんです。どうぞ」

シャムロックに案内され、以前通された応接室に入る。

公爵家の応接室は落ち着いた色合いで纏められており、私は以前座ったのと同じソファに腰掛けた。

「で、お話と言うのは？」

家令にお茶を出してもらい、雑談したあと、シャムロックが話を切り出してきた。

いつも通りの声音を心がけながら口を開く。

「実はね、前にシャムロックが言っていた通り、サヴィニア帝国のレヴィン皇帝から私を正妃に貰い受けたいというお申し出が正式にあったの」

「っ！」

シャムロックが息を呑んだのが分かった。

「そ、そうです……か。やっぱり。さすがは姫様です。まさか皇帝に見初められるとは」

「お祝いしてくれるの？」

「……もちろんです」

明らかに動揺していたが、シャムロックはなんとか自分を立て直した。そうして笑顔を作る。

「帝国は遠いですが、以前にも申し上げました通り、姫様の幸せをお祈りしております」

「……そう」

嘘ばっかりだ。

シャムロック自身は上手く誤魔化せているつもりなのだろうが、声は震えていたし、笑顔だって引き攣っている。

彼の態度は『私が嫁ぐことを嫌がっている』ようにしか見えなかった。

それを見て、確信する。

――なんだ。やっぱりシャムロックも、私のことが好きなんじゃない。

勝手なものだ。自分はさっさと婚約して、私に婚約者とのダンスを見せつけておいて。

まるで私なんてどうでもいいような態度を取ったくせに、私が結婚すると言うと簡単に化けの皮がはがれるのだから。

シャムロックがまだ私のことを好きなままなのだと確信したせいか、完全に腹が決まった。

どうせこれで最後だ。言いたいことは全部言って、それで彼とはさよならしよう。

それがきっと一番すっきりする方法だと思うから。

「ねえ、シャムロック」

出た声は、気持ち悪いくらいの猫なで声だった。シャムロックがビクリと反応し、私を見る。

「は、はい。姫様」

「私、あなたはきっと嫌がると思っていたわ。祝福なんてしてくれないと思っていた」

「え……何故です？」

目を瞬かせるシャムロックに、私は足を組みながら余裕たっぷりに言ってやった。

「だって、あなた、私のことが好きでしょう？　それもかなり。だからてっきり邪魔されるか思いきり嫌がられるかのどちらかだと思っていたの。ああ、あのルギア殿下の時もね。でも、あなたは『私を祝福する』と言うだけだった」

「……気づいておられたのですか」

否定するかと思ったが、思いのほかあっさりとシャムロックは自らの気持ちを肯定した。

それを意外に思う。

首を傾げていると、シャムロックは穏やかな笑みを浮かべ、私に言った。

「はい。僕は姫様のことをお慕いしています。愛していると言い換えてもいいでしょう。ですが、僕は姫様には相応しくないんです」

「相応しくない？」

公爵家の御曹司で『神の寵児』である彼が？

意味が分からなかった。

とはいえ、彼が本気でそう思っているのは明らかだ。だって唇を噛みしめ、悔しそうに俯いているのだから。

「僕という存在は、姫様には相応しくありません。本当なら僕は姫様に近づくことすら許されないんです。でも、それはどうしてもできなかった。姫様のお側にいたかった。いつか、姫様が僕以外の誰かに嫁ぐその時まで一番近くで見守りたいという欲をどうしても抑えきれなかったんです」

「……」

辛そうに胸のうちを告げるシャムロックは、血が出るのではないかと思うくらい強く拳を握っていた。

「あなたを自分のものにしたいなんて恐れ多いこと、思っていません。僕のような男が姫様を幸せにできるわけがありませんから。……姫様、ありがとうございます。今まで姫様の近くに置かせていただいて。友人として接していただいて。どうか、外国に嫁がれてもお元気で」

無理やり笑顔を作り、シャムロックは笑った。

その表情は酷いものだったし、何より私自身がシャムロックの言い分に納得できなかった。

なんというか腹が立つ。

どうせとうに腹は括ったのだ。最後まで言いたいことを言い切ってやろう。

そう思った私は心の中で考えていたことを思いきりぶちまけた。

「そう。あなたがそんな男とは思わなかったわ。あなたはもっと、自分の欲しいものに忠実な、手段を選ばない、執着の酷い男だと思っていた。でもそれは見込み違いだったようね。私はそんなあなたが決して嫌いではなかったのだけれど。むしろ、それこそがあなただと思っていたのに」

「姫様」

シャムロックが顔を上げ、目を丸くする。

「私を諦める？　あなたが？　それは一体どこの誰の話よ。いつだってあなたは私がどんなに嫌がったって側にいたし、どんなところにでもついてこようとしたくせに。どうしたのよ。おかしいわ。そんなの、私の知っているシャムロックじゃない」

私が言うシャムロックは、今までのシャムロックであって今の彼ではない。

それは十分に分かっていたが、どうしても言ってやりたかったのだ。

だって今まで散々迷惑をかけられた。彼が要因となって幾度となく死んだし、結婚だって何度も邪魔された。今回に至っては、惚れさせられたのだ。

私の人生は大体この男にグチャグチャにされて終わる。今だってそうだ。色々台無しになった。それなのにこの期に及んで『いい人』であろうとする彼が許せなかった。

——どうせ本性は何も変わっていないくせに。

いくら隠したって無駄だ。だって私はそういうシャムロックをすでに知っている。どんなに擬態したところで、私には全部が見えている。

——ああ、そうね。

そうだ。分かっていた。今回、シャムロックは友人として私に接してくれていたし、だからこそ彼に惚れることになったけれども、彼の性根の部分は何も変わっていない。

ただ、上手く猫をかぶれるようになっただけのこと。本質的なものは今まで私が見知った彼のままなのだ。

だからこそ、彼の台詞が白々しく聞こえる。いや、本心なのだろうけど、もうひとつ奥に更なる本心を隠している。それが分かってしまうのだ。

——それなのに嫌いになれないんだから困りものよね。

だけどそれも全部終わりだ。

私はソファから立ち上がり、彼の方へと移動した。そうして告げる。

「立ちなさい。シャムロック」

「え。は、はい」

命じられ、訳が分からないながらもシャムロックは立ち上がった。混乱しているのが分かる。だけど彼が落ち着くのを待っている暇は私にはないのだ。

「歯を食いしばりなさい」

「えっ……」

パン、と乾いた音が部屋に響いた。私が彼の頬をはたいた音だ。

ああ、良い音だ。

それなりに鍛えている私の平手はそこそこシャムロックに効いたようで、彼は呆然としながら叩かれた頬を押さえた。

「姫……さま……?」

「腹立たしかったけど、これで全部水に流してあげるわ。あなたはあの彼女と結婚でもなんでもしてちょうだい。私もサヴィニアの皇帝陛下に嫁ぐから。じゃあ、そういうことで」

「え、あ、ちょ……」

何が起こったのか分からないという顔をしつつ、シャムロックが私に向かって手を伸ばす。その手を容赦なく叩き落とした。

「あなたに私を引き留める権利はないわ。だってあなたは私を祝福するとさっき言ったばかりじゃない」

「あ……」

呆然と目を見開くシャムロックを、私は感情の籠もらない目で見つめた。

「さようなら、シャムロック。あなたと私、それぞれ別の場所で幸せになりましょう。今だから言うけど、私、あなたが好きだったのよ。でも、それも全部終わり。私は皇帝陛下に嫁ぐわ」

「姫様……」

驚くほど簡単に好きの言葉が出た。

私がシャムロックに絶対に言いたくないと思っていた言葉。

彼がもし先に言ってくれたら……そうしたら告げてもいいかもと思っていた秘密の言葉。

それを全て終わらせてから言うことになるなんて不思議な話だが、まあいいと思った。

終わったからこそ、告げることができたのだから。

「さようなら」

言いたいことは全部言えた。

満足だ。

私はその場に呆然と立ち尽くすシャムロックを残し、部屋を出た。城に帰って、父に結婚を受け

ると告げなければならないし、嫁ぐ準備を始めなければならないからだ。

「姫様！　待って下さい！　姫様！」

焦った声でシャムロックが私を呼び止めようとしていたが、私はそれを無視して馬車に乗り込んだ。

そして私はその足で父に会いに行き、帝国の皇帝との婚姻を受諾した。

第六章　僕にだって思うところはたくさんあるし、反省もする

「姫様……」

撥ね除けられた手が痛い。

僕を睨んだ彼女は、とても傷ついた目をしていた。

◇◇◇

僕が『神の寵児』として生まれた時、周囲には悪意しかなかった。

幼い僕に擦り寄る人たち。利用しよう。甘い汁を吸ってやろう。そんな考えで寄ってくる彼らに僕はすっかりうんざりしていた。

誰も僕自身を見ようとはしない。

大事なのは『神の寵児』であるという事実で、僕自身になど全く興味がないのだ。

近づいてくる者たちは誰も信用できない。

そのうち僕は、幼いながらに完璧な人間不信に陥ってしまった。

「人は汚い……」

中には、純粋な気持ちで僕に声をかけてくれた人もいたのかもしれない。

だけどその頃にはもう僕は全てに疲れ果てていて、何も信じることができなかった。

『あなたと友達になりたい』

どうせそんなこと言って、目的は僕の利用だろう？

『欲しいものはない？　なんでも買ってあげる』

そうして僕の機嫌を取って、何を対価として要求するつもりだ？

疑心暗鬼ばかりが募っていく。

誰も信じられない暗闇の世界。『神の寵児』なんて何ひとついいことがない。そう思っていた。

彼女に会うまでは。

彼女――マグノリア姫は、僕と同じ『神の寵児』として生まれた、この国の第三王女だ。

初めて彼女と会った時、お世辞抜きでこんなに整った顔立ちの子が存在するのかと見惚れたくらいに可愛らしかった。

くるりとしたアーモンドアイは僕と同じ青色。腰まである長い銀色の髪も僕とお揃いで、初めて同じ色合いの子を見て、酷く驚いたことを今でも覚えている。

――本当に、僕と同じなんだ。

びっくりした。そして彼女は挨拶すらできず俯く僕を厳しく諌め、言ってくれたのだ。

私のことは信じられない？　と。

最初は何を言われたのか分からなかった。でも少し考えれば理解できる。

同じ『神の寵児』で、僕よりも身分の高い彼女。

彼女は、僕を利用する必要がないと唯一はっきり言い切ることができる人なのだ。

その事実に気づいた時、僕は安堵のあまり泣いてしまった。

無条件に信じていい人がいる。それに心からホッとしたのだ。

拠り所を見つけた。そんな気持ちだった。

弱りきっていた心は、縋る先をようやく与えられ、歓喜に包まれた。

全身が震える。

無礼は百も承知で彼女にくっつき、大きく息を吸った。

——ああ、息ができる。

ずっとずっと、誰も信じられないと気づいてから、僕は息をするのも辛かった。

空気を吸い込むだけで肺に痛みが走る。胸が痛くて苦しくて、ずっとひとりで泣いていたのだ。

それが、姫様の側では苦しくない。

空気を吸い込んでも肺が痛くない。それどころか吸い込んだ空気は甘いような気すらして、陶酔感で眩暈《めまい》がするかと思った。

息ができることをこんなに嬉しいと思ったことはなかった。

彼女の側にいると、僕は安心して息ができる。痛みを感じない。当たり前の人間として立っていられる。でも、逆に言えば、彼女がいないと息をすることすらままならなくなるということで。

——姫様。

憧憬をもって彼女を見る。

とても綺麗で、僕なんかよりもよっぽど強い人。

彼女は常に前を見据え、自らの『神の寵児』としての役割、第三王女としての役目を受け入れ、それでも彼女らしく真っ直ぐに生きていた。

彼女はどこまでも強く、美しかった。

彼女がいれば、僕は生きていける。

気づけば彼女は僕の全てになっていた。

姫様がいない人生なんて考えられない。僕は姫様のことだけが好きで、彼女さえ側にいてくれるのならこの先も笑って生きていけると本気で信じていた。

手放せない唯一のもの。僕が縋れる『安心毛布』のような存在。

彼女と結婚しよう。姫様と一生一緒に生きていこう。

その思いは年を重ねるごとに欲を含んだ執着へと変化し、僕の思いは人が聞けば顔を顰めるくらいのドロドロしたものへと変わっていった。

——姫様が欲しい。

——どんなことをしても、姫様が欲しい。

——他の男になんて渡せない。

姫様に近づく異性の存在が許せなかった僕は、姫様に気づかれないよう、慎重に彼らを排除した。

その際には姫様を守るために始めた剣の腕がとても役に立った。

少し本気で脅せば、皆、快く退いてくれるのだ。

だけど姫様の美しさは輝きを増すばかりで、どんどん余計な羽虫が付き纏う。

耐えきれなくなった僕は、姫様の父である国王陛下に、姫様が欲しいのだと直接訴えることにした。

勝算は十分すぎるほどあった。

僕は姫様と同じ『神の寵児』。

ウィステリアでは『神の寵児』の意志はできるだけ聞くべきとされているし、『神の寵児』同士の結婚なら陛下も反対しないだろうと思った。

だけど――。

最初はそれを良しとしてくれていた陛下は、何故かその直後、意見を翻した。

やはり僕では駄目だと婚約を解消し、彼女を別の男性と結婚させると言ったのだ。

そんな馬鹿な話、受け入れられるはずもない。

僕は陛下に直訴した。

婚約破棄とはどういうことだ。僕は納得していないし、受け入れられないとはっきり言った。

それに対し、陛下から返ってきた答えは「だが、マグノリアはそなたを好いてはいないだろう？」の一言だった。

「娘がそなたを好いていないのなら、国益を優先させたい」

一国の国王としては尤もすぎる言葉に、僕は何も言い返せなかった。

姫様が僕を恋愛の意味で好きではないことなんて昔から分かっている。それでも良かった。

一緒にいられるのならなんでも良かったのだ。

だって姫様は僕の全て。

彼女がいなければ息もできない僕は、彼女を失うわけにはいかないのだから。

陛下の部屋を出た僕は、その足で姫様の部屋へと向かった。

僕は姫様の幼馴染みとして、皆に認知されている。部屋を訪ねるのはよくあることだし不審がられるようなことはなかった。

そうして——。

僕は姫様を、僕の全てである彼女を僕の剣で殺した。

彼女を誰かに奪われることがどうしても許せなかった。それくらいなら自らの手で終わりにしたかった。

彼女を殺したあと、僕は姫様の血がついた剣で己の胸を貫き、彼女の後を追った。

後悔はなかった。どちらかというと安堵の方が強かったくらいだ。

どうせ彼女がいなくなった世界で、僕は生きてはいけないのだから。

「姫様、愛しています」

あなただけを。

心の底から。誰にも渡せないくらいに強く、強く思っている。

そうして僕は姫様の亡骸《なきがら》を抱き、己の生を終えたのだ。

◇◇◇

昔からいつもいつも、僕の手は彼女には届かない。

届かなかった手を下ろし、僕は感情の籠もらない声で笑った。

「ふふ……」

僕には記憶がある。

シャムロック・クイン・レガクレスとして生きてきた、何十度もの生の記憶が。

その記憶を取り戻したのは、この生が始まる直前だ。

この世界の創世神クインクエペタ様にお会いし、訳が分からない僕に彼《か》の方《かた》は、今までの記憶を頭の中に流し込んできた。

「このままでは、いつまで経っても私の望む幸せは訪れない。だからそれを君に返すことにした」

流し込まれた記憶は酷いものばかりだった。

先ほど語った最初の生から始まり、その後何度……いや、何十度も。

僕は姫様に固執し、それが原因で彼女はいつも十九歳という若さで命を落としていた。

ある時は、僕に惚れた女性の手によって。またある時は、僕が奪い取った婚約者の座、そこに元いた男の手によって。

僕自身が手をかけたのは最初の一回だけだったが、そんなことは言い訳にもならない。

僕が彼女の死の、全ての引き金になっていることは否めなかった。

「……」

絶句するしかなかった。

一番酷かったのは、彼女が焼死した時だ。

その時の僕は、彼女を上手く自らの住む屋敷に囲い込めたことに喜んでいた。

城から忽然と消えた彼女がオークションにかけられるとの情報を得た僕は、彼女を競り落とし、秘密裏に屋敷に連れ帰ったのだ。

まだ、首謀者が捕らえられていないからと嘘を吐いて。

ああ、そうだ。それは僕の吐いた嘘だった。

とうに首謀者は捕まり、彼らには神の鉄槌が下っていた。語るのも恐ろしい神の罰が。

『神の寵児』を誘拐するというのはそれほどのことなのである。

城では姫様の捜索隊が組まれ、日夜関係なく、毎日のように捜索がなされていたが見つかるはずがない。

だって姫様はとっくに僕が囲っているのだから。

姫様には「まだ帰せない」と嘘を吐き、城では「姫様はどこにいらっしゃるのか」と沈痛な面持ちで語る。

罪悪感などなかった。姫様を上手く自らの手のうちに閉じ込められたことが嬉しくて堪らなかったからだ。

こうすれば、もう姫様が奪われることはない。

どんなに生をやり直しても姫様はいつだって僕の全てで、この時の僕も例に漏れず彼女に心底惚れていた。

このまま彼女を僕のものにしてしまおう。

神罰は起こらない。起こるはずがない。

だって彼女を閉じ込めているのは同じ『神の寵児』である僕だ。クインクエペタ様は己の愛し子に酷く甘い。

僕が彼女を傷つけない限り、神罰は下らないと確信していた。

だけど、それがいけなかったのだろうか。

どうしても外せない用事があり、泣く泣く彼女の側を離れた日があった。

できるだけ急いで全てを終わらせ、屋敷に帰ってきた僕が見たものは、焼け焦げた屋敷と、無残に変わり果てた彼女の遺体だった。

「あああああ！　ああああああ‼」

一瞬で全てを失った心地だった。

息が詰まる。瞬間的に空気が体内を切り裂く凶器に変わった。

「あ、あ、あ……」

姫様だったものに手を伸ばす。

生前の美しい面差しはどこにもない、焼けてしまった遺体が姫様なのだと理解した途端、気が狂いそうになった。

「姫様、姫様、姫様‼」

どうして、今日だったのか。

どうして僕のいない時に、火事なんて起こったのか。

世界から色と音が消えていく。何も聞こえない。世の中が灰色に見える。

息ができない。全てが僕を呪っている。

「ああ……姫様。僕も今お側に……」

姫様のいない世界に未練などない。

僕は自らの手で己を終わらせ、この世を去った。

◇◇◇

「酷い……」

思わず言葉が零れ出る。

それからも僕は幾度も姫様を追い詰め続けた。

いいや、追い詰めたなんて言い方は生ぬるい。僕は姫様の死、その殆ど全てにかかわっていたのだから。

「……なんだ、これは」

ショックだった。全く記憶になかったのに、それが自分のしてきたことだとはっきり分かる。それが酷く恐ろしいことのように思えた。

「ようやく己のしてきたことを理解したかな？」

クインクエペタ様が僕に問いかけてくる。それにガクガクと震えながら頷いた。

少年の姿をしたクインクエペタ様は美しかった。僕や姫様が『神を模した』と言われるのも納得の、人知を超越した美しさだった。

見つめていれば、知らないうちに正気を失ってしまいそうなほど。

クインクエペタ様が美しく煌めく銀髪を靡《なび》かせ、僕を見る。その目は僕に罪のありかを問うていて、項垂れるしかなかった。

今の今まで記憶はなかったが、どうやら僕は何十度となく、同じ人生を繰り返していたらしい。

そしてその側にはいつもひとりの女性がいた。

――マグノリア王女。

僕の姫様。僕が唯一愛せる人。

僕は毎回彼女を全力で愛し、その恋を叶えるために必死に足掻いていた。それが彼女を追い詰めることになるなんて思いもせずに。

記憶がなかったからなんて言い訳にもならない。

いつだって僕は自分のエゴを姫様に押しつけていた。懲りもせず、学習もせず、毎度毎度、姫様に執着し、そのせいで彼女を死に追いやっていたのだ。

「僕は……」

己のしてきた罪を突きつけられ、吐きそうだった。

僕は、姫様を愛していた。彼女がいなければ生きていけないから。だから彼女をなんとか側に置こう、側に置いてもらおうと頑張ってきた。

だって僕以上に姫様を必要としている男は、愛している男はいないから。

だから姫様の婚約者の座をいつだって、少々強引に奪い取った。外国に嫁ぐと聞けば、ついていこうと画策した。

だけどそれが全て結果的に彼女の死に繋がっていたなんて――。

「こんなの……ただの死神じゃないか」

音もなく涙が流れ落ちる。

理解してしまった。

愛しい人を幾度となく死に追いやる愚かな男。それが僕だ。

姫様はいつだって僕を好きになってはくれなかった。そのことを今まで気にしたことはなかった。

だって僕が愛せばそれでいいと思っていたから。でも、初めて理解した。

彼女が僕を好きにならないのは当然のことなのだ、と。

普通に考えれば分かる。

こんな、己を死に追いやる男を誰が好きになるというのか。

忌み嫌われ、暴言を吐かれ、遠ざけられないだけマシである。

「姫様……」

ショックを受ける僕に、クインクエペタ様は更なる事実を突きつけてきた。

「マグノリアは君の行ってきた全てを覚えているよ。覚えたまま、何度も生を繰り返しているんだ」

「……それは」

なんという地獄なのだろう。

僕は覚えていなかった。今の今まで知らなかった。だけど姫様は違ったのだ。

姫様は何度も僕のせいで死に、それを覚えたままやり直し、いつも僕に執着された。

さぞ、恐怖だったことだろう。

「……」

何も言えなかった。

姫様のことは今この時も、誰よりも愛していると断言することができる。

僕の唯一の人。僕が生きていく上で必要な、大切な人。

彼女を手に入れるためなら僕はなんでもするし、実際に今までそうして生きてきた。

姫様を、僕以外の誰かになんて渡したくないのだ。

彼女のことは僕がずっと守りたい。

だけど、その大切な人が僕のせいで何十度となく死んでいるという事実を知ってしまったあとでは、さすがの僕も彼女に手を伸ばすことを躊躇ってしまう。

「……そろそろ次のやり直しが始まる時間だね」

クインクエペタ様が厳かに宣言する。

「次の君は、以前までの記憶を持ったまま、生きることになる。マグノリアと同じように」

「……」

「マグノリアの繰り返しは、彼女が幸せになれば終わるよ。私はあの子に幸せになってもらいたいんだ」

クインクエペタ様の言葉に顔を歪めた。そんなの僕だって願っていることだ。

ただその幸せは、僕の手で与えたいと思っているだけで。

溜息を吐く。

全てを知ってしまったあとでは、それが正しいことのようには思えなかった。

僕がかかわれば、姫様は死んでしまう。それを理解したからだ。

クインクエペタ様に見せつけられた姫様の死。今の僕はそれを全部覚えている。それらを思い出せば、彼女を手に入れたいなんて我が儘は言えなかった。

だって僕は姫様に死んで欲しくない。

生きて、笑っていて欲しいのだ。

姫様は僕の生きる意味。生きる希望。その全て。

それが失われてしまうのはどうしても許せなかった。

でも——。

どうしてわざわざクインクエペタ様は僕に色々教えたのだろう。

そう疑問に思い、気がついた。

おそらく、クインクエペタ様は呆れたのだ。姫様に執着し続ける僕に。そして僕に記憶を戻さなければ、いつまで経っても姫様が死を回避できないと気づいたのだろう。

……とても残念だけど僕もその通りだと思う。

知らなければ、きっと僕は次の生も彼女に執着し続ける。彼女と生涯共にあろうと、僕にできるありとあらゆる努力をするだろう。

使える権力は全て使うし、金銭が必要だというのなら幾らでも用意する。

犯罪だって、平然と行うと断言できる。

彼女を手に入れるためなら、僕はなんだってできるのだ。

――ああ、本当になんて醜悪なんだろう。

あまりの愚かさに震えていると、クインクエペタ様が言った。

「誤解しないで欲しいのだが、私はマグノリアと同じように、君にも幸せになってもらいたいと思っているよ。君もまたマグノリアと同じ、私の愛し子なのだからね」

「……クインクエペタ様」

頭を撫でられた気配がした。

神による大いなる愛、大いなる抱擁を感じ、僕は全身が震える心地だった。

「次の生で君がどのような選択をするのか、マグノリアとどう向き合うのか、楽しみにしているよ」

「あ――」

視界が暗転する。

気づいた時には、僕は十歳の姿で、姫様の部屋の前に立っていた。

◇◇◇

やり直しというのは、いつもこんなにいきなり始まるものなのだろうか。

混乱しながらもなんとか姫様に初対面の挨拶をし、部屋を辞す。

今までの僕なら絶対に取らなかった行動に姫様は面食らった様子だったが構わなかった。

とにかくひとりになって、これからのことを考えたい。そう思ったからだ。

屋敷に戻った僕は、自室に引き籠もり、今までの記憶を改めていちから思い返すという作業を行い、結果、今世は姫様を諦めるという結論に至った。

「……僕がいなければ姫様は幸せになれるから」

どう考えても姫様の人生に僕は邪魔でしかなかった。

僕は姫様がいなければ生きていけないけれど、姫様は違う。

今までは自分の望みを優先してきた。だけど彼女の死に様を覚えている身としてはもうそんなことはできなかった。

だって僕は姫様を愛しているのだ。心の底から。僕の全てを捧げても構わないほどに。

その愛した人を自分のせいで失いたいのかと自分に問いかければ、導き出される答えはひとつしかなかった。

「……姫様と距離を置こう」

それしか方法はない。

本当はそんなことしたくないけれど。

僕のせいで姫様が死ぬようなことには二度となって欲しくないと思うから。

あんな、世界の色と音が消えてしまうような出来事は、金輪際経験したくない。

姫様が生きていてくれるのなら、もう、それでいい。

この際、僕以外の男と結婚することも祝福しよう。

姫様が幸せになれるのなら、彼女が笑って人生を全うしてくれるのならなんでも良いではないか。

僕が我慢すれば済む。

僕が姫様を諦めれば、全ては丸く収まる。

「姫様……」

泣くつもりはなかったのに勝手に涙が溢れてくる。

空気が刃に変わり、僕の胸を切り裂く。それでも、僕は動かない。動かないと決めた。

「ごめんなさい……僕が……あなたを手に入れたかったから」

その気持ちは今もあるし、本当は彼女を諦めるなんてしたくないけれど。

それよりももっと強く、姫様に幸せになって欲しいと思うので。

そしてその幸せは、死神である僕には与えられないのだと、記憶を思い出して確信してしまったから。

「愛してます。姫様」

――僕の愛は永遠にあなたのもの。

その日僕は、姫様を思い、彼女の良き友人になることを決意した。

◇◇◇

そうして年月は経ち、僕と彼女は友人として適切な距離を保ったまま、大人になった。

彼女の幸せだけを願い、彼女に近づく男を殺してやりたい気持ちを押し殺し、それらを全て剣の稽古に転化し、凌《しの》いでいた。

僕の守りのない姫様は、当たり前だがモテた。

誰よりも美しく、努力することを厭《いと》わない姫様には、色々な国から求婚が殺到し、彼女からその話を聞く度に、「嫌だ、結婚しないでくれ」と縋りたくなる気持ちになった。

必死でなんでもない振りをしたけど。

その姫様は、今世は少々様子が違った。

僕が友人としての距離を保っているからだろうか。

僕のことなど何とも思っていないくせに、時折、妙に思わせぶりな態度を取ってくるのだ。

だけど、それをもしかしたらと考えるほど、僕はおめでたくはない。

だって僕も姫様も繰り返した生を覚えている。あれを覚えていて、彼女が僕に好感情を持つはずがないだろう。それくらいは分かる。

ただ、友人として側にいる僕が珍しいから、きっと揶揄っているだけなのだ。

それでも僕は嬉しいけれど。

僕は、僕が姫様にとって安全な男であることをアピールするために、今まで一度も姫様以外とはしようと思わなかった結婚を考えた。

結婚すれば、姫様はきっと安心する。

もう僕に纏わりつかれないと確信してくれるだろうし、そうなれば彼女を幸せにしてくれる男に笑顔で嫁げるだろう。そう思った僕は、早速それを実行に移した。

相手は誰でもいい。姫様でなければ誰でも一緒だからだ。

とにかく姫様を安心させたいという一念で、陛下に紹介された女性と会い、婚約することを決めた。

幸いなことに、その女性は僕にとってとても都合が良い人だった。

婚約したと報告すると、姫様は信じられないという顔で僕を見てきた。

まさか僕が婚約するとは思わなかったのだろう。だが、それでこそ実行した甲斐があるというもの。

僕は姫様に、姫様の幸せを祈っていることを告げた。

彼女がどんな男に嫁ぐのか僕はまだ知らないけれど、僕以外とならきっと幸せになれるだろう。僕さえそれを邪魔しなければ、彼女は今世で理不尽な繰り返しを終えることができるし、何せ、今世の姫様は、努力の人だ。どんな縁談でも思うままだと思う。

そうして姫様は、なんとサヴィニア帝国の皇帝に求婚された。

サヴィニア帝国。

この大陸で一番大きな国。そこへ嫁げば、彼女は間違いなく幸せになれるだろう。

誇らしく思うと同時に、酷く悔しかった。

彼女が皇帝に奪われるのを、ただ指をくわえて見ていなければならないのだから。

ジクジクと心が痛むのを無視し、何食わぬ顔で彼女からの報告に「おめでとう」を告げる。

僕ができることは全部した。あとはただ、彼女が皇帝に嫁いでいくのを見送るのみ。

さて、僕もいい加減、腹を括って結婚しなければならないだろう。

婚約はしたものの結婚する気にはなれず、長々と婚約期間を引き延ばしてきた。それを清算しなければいけない。そう覚悟しなければならなかったはず……なのだけれど。

「……」

姫様に振り払われた手をグッと握る。

久しぶりに、息をするのが楽だと思った。

ついさっき、姫様はたった一言で、僕の血の滲むような決意と努力を壊してくれた。

ずっと我慢してきたのに。

僕さえ耐えれば姫様は幸せになると信じ、彼女を見守るだけに留めてきたのに。

もう彼女を手に入れたいなんて二度と思わないと自分を諌めてきたのに。

そのためにしたくもない婚約をし、彼女が嫁ぐと聞けば笑顔で手を振ろうと頑張ってきたのに。

その全部が無駄だったのだとさえ思うような一言を僕に告げたのだ。

「今だから言うけど、私、あなたが好きだったのよ」

あの瞬間、僕を押しとどめていたものがパリンと音を立てて壊れた気がした。

――僕のことが好き？　姫様が？　本当に？

俄《にわか》には信じがたかった。

だって僕は姫様の死神で、姫様は僕を嫌っているはずだから。

だけど姫様の目はそれを真実だと告げていて、ふいに訪れた現実に僕はすぐには対処できなかった。

――待って。待って下さい。姫様。

僕を好きって本当ですか？　嘘ではなく？　真実僕のことを？

そう問いただしたいのに動けない。

与えられた情報があまりにも僕にとって大きくて、都合が良すぎて、それを処理しきれなかったのだ。

「姫様……」

手を伸ばすしかできない僕。その隙に彼女は、出て行ってしまった。

耳を澄ませば、馬車が走り去った音が聞こえる。

姫様は城に戻り、皇帝との婚姻を受け入れると陛下に告げるのだろう。

さっきまでの僕はそれを受け入れるつもりだった。それが姫様の幸せに繋がるのならと、手は出さないつもりだった。

だけど。

ゆるりと顔を上げる。笑っているのが鏡を見なくても分かった。

「姫様が、悪いんですよ？」

――嬉しい、嬉しい、嬉しい！

歓喜が胸に渦巻いている。

やっと彼女が僕を見てくれた。何十度となく繰り返した人生。その中で初めて彼女は僕を見てくれたのだ。それも僕が何より望んでいた『恋愛』という意味で。

絶対に手に入らないと諦めたものが、どんな奇跡の結果か今、ここにある。

「逃すものか……」

ずっと欲しかった。

誰にも渡したくなかった。

でも、それ以上に彼女には幸せになって欲しかったから今世では涙を呑んでいたというのに、なんの因果か彼女は僕に振り向いた。

彼女の気持ちを知ってしまったあとでは、我慢なんてできるはずがない。

どうして彼女が僕を好きになってくれたのかなんて分からない。だけど、理由なんてどうでも良かった。

『好かれている』という事実があれば僕にはそれで十分なのだから。

「愛しています、姫様」

誰よりも、何よりも、あなただけを。

もう我慢なんてしない。する必要もない。

だって姫様も僕を望んでくれているとさっきの会話で分かったから。

死神と思われても構わない。

それでも彼女は僕を好きになってくれたのだから。何を言われても、僕はもう姫様を手放したりしない。

今度こそ、彼女と一緒になる。なるために、ありとあらゆる努力と犠牲を払ってみせる。

それでもし、また彼女が死ぬようなことになったとしても、それはそれで構わない。僕も一緒に逝けば良いだけのことだから。

ごめんなさいと謝って、でも、ひとりでは行かせませんと自らの胸を刺し貫けば済むだけの話。

今まで何度も姫様の後を追った僕にとって、それはとても簡単なことだ。

一緒にこの世界を去れば良い。

皇帝になど誰がくれてやるものか。姫様の全ては僕のものだ。

「ふふ……ふふふ……」

頭が勢いよく働き始める。

さて、まずは何から始めるか。

姫様を手に入れるために。

「姫様、待っていて下さい。すぐに問題を全部片付けて、あなたの元に参りますからね」

生も死もあなたと共に。

完全に腹を括った僕は、先ほどまでと違い、スキップでもしかねない勢いで部屋を出た。

まずは『彼女』のところへ。そして『彼』と大事な話をするために。

第七章　もう繰り返しは起こらない

怒りにまかせてシャムロックに告白してから一週間。

あれから一度もシャムロックは私のところにこなかった。

あそこまではっきり言ったのだ。なんらかのリアクションをしてくると思っていただけに、正直拍子抜けだった。

「そう……本当に私が皇帝に嫁いでもいいと思っているわけね……」

するつもりのなかった告白までしたのだ。

それを聞いても動かないということは、そういう意味だろう。

「いいわ。言いたいことは言えたから」

当初の予定通り、彼のことはすっぱり諦めてしまおう。そして予定通り皇帝の妻となり、幸せに暮らすのだ。

そうすれば私はクインクエペタ様に与えられたミッションをこなしたことになる。二度と人生のやり直しなんて起こらない。

それは私の望みにも合致していることだし、万々歳。

「あれ……」

嬉しいはずなのに、涙が溢れてきた。意味が分からない。

「えっ、どうして……嘘でしょう？　止まらない……」

流れ続ける涙は私の心を現しているのか。

考えてみれば、誰かを好きになったのは今回が初めてだ。

初恋が破れたショックをいまだ引きずっているということなのだろう。

「馬鹿みたい。泣いても何も解決しないのに」

私は皇帝に嫁ぐことが決まったし、その選択を今は後悔していない。

元々シャムロックと私は結ばれる運命になかったのだ。それを今回、思い知っただけのこと。

私と彼はそれぞれで幸せにならなければならない。

それに私は振られてしまったのだ。

泣こうが喚こうが何かが変わるわけではない。

「姫様。準備を致しましょう」

ノックの音がして、女官が声をかけてくる。

帝国は遠い。来週には出発だから、準備をしなければならないのだ。

私は涙を拭い、綺麗に笑った。

「ええ、そうね。しっかり準備しなければ」

もう何も期待しない。

胸の痛みが酷かったが、私はそれをあえて無視した。

◇◇◇

出発の日。私は皆に見送られ、馬車の前に立った。

荷物は先に送っている。あとは私がひと月の馬車の旅を耐えるだけ。

旅の期間が長いので、華美な衣装は着ていない。普段着で過ごし、到着前に着替えようと思っていた。

時間は昼すぎ。天候は晴れで、絶好の出発日より。

女官たちが涙ぐみながら私に言う。

「姫様がついにお嫁入り。……どうかお幸せに」

「あの方がお相手なら、絶対に姫様は幸せになれます。よき奥様におなり下さい」

「ありがとう」

皇帝がどんな人かも知らないのにと思いつつ、笑みを浮かべ頷く。

皇帝は私より八歳年上だが初婚で子供もいない。愛妾《あいしょう》もいないと聞いているから、なかなかの当たりを引いたと思う。

今までの中でも一番の大当たりだ。

どんな見た目をしているのか分からないのは不安だが、行けば分かることだし、人は外見も大事だが内面も大切である。

優秀な皇帝と聞いているので、中身は問題ないのだろう。それなら気にする必要はない。

「それじゃあ行くわね」

見送りに来たのは女官たちだけで、父の姿はない。それを不思議に思いつつ馬車のタラップに足を掛けた。

父とは昨日のうちに挨拶を済ませたから、それ以上は過分だということなのだろうが、娘が遠い外国に嫁ぐのだ。もう会えないかもしれないのだから見送りくらいしてくれてもいいのにと思った。

「……」

馬車の中に入る。

顔を上げ、目の前に飛び込んできたあり得ない光景に言葉を失った。

「は!?」

何故かシャムロックがそこにいた。

彼は座席に腰掛け、悠然とした態度で私を見ていたのである。

「姫様、遅かったですね。どうぞ、お隣に」

「え、え、え?」

何が起こっているのか全く理解できず唖然とする私を、シャムロックは焦れたように隣へ座らせた。信じられない現実に眩暈がしそうだ。

「ど、どうしてシャムロックがここにいるの?」

「え？　陛下からお聞きになっていませんか？」

「……何も聞いていないけど」

昨夜、お別れの挨拶をした時も父の態度は普通だった。

もしかしてシャムロックは帝国までついてくる気なのだろうか。いや、彼は例の彼女と結婚するのだからそんなことをする必要はないだろう。

「……国境線まで見送りとか？」

可能性として考えられるのはこの辺り。シャムロックに尋ねると、彼は「違います」と首を横に振り、私を抱き締めた。

「え」

「愛しています、姫様」

「……は？　ふざけているの？」

今世で初めて告げられた言葉だったが、私の声はブリザードが吹き荒れるかと思うほど冷たかった。

私を抱き締めるシャムロックの腕を振りほどく。

衝動のまま彼をギッと睨みつけた。

「何を言っているのよ。私は今からサヴィニア帝国のレヴィン皇帝に嫁ぐの。今更あなたが何を言おうと遅いのよ」

好きだと言ってくれたのは嬉しい。心が浮き立つような心地だ。それは認める。だけどあの玉砕した日から今日まで、私はシャムロックを忘れようと必死で頑張ったのだ。

そうしてこの日を迎えた。それなのに私の苦労も知らず、平然と愛していると言ってくる彼が許せないと思った。

——今更。今更すぎるのよ。

私は淡々と彼に言った。

「あなたにも婚約者がいるでしょう？　それなのに、私を愛していると言うなんて、その人に失礼よ」

「大丈夫ですよ。婚約は円満に解消しましたから」

「……どういうことよ」

聞き捨てならない言葉が聞こえた気がする。

婚約を解消したとか。

まさか。

彼の婚約は父の取りなしだ。そう簡単に解消できるものではない。

いやでも、シャムロックならそれもあり得るのかもしれない。

青ざめる私だったが、シャムロックは当然のように言い放った。

「どういうことって……僕は姫様が好きなんですから、婚約を取りやめるのは当然でしょう」

「いやいやいや、何言ってるの？　お相手は？　円満ってそんなはずないわよね？」

簡単に解消したなんて言わないで欲しい。

大体、シャムロックは分かっていない。

シャムロックに婚約を解消させられた女性なんて、今世の私を殺す候補ナンバーワンではないか。

いや、さすがに帝国までは追いかけてこないだろうから大丈夫だろうけど……というか、え？

本当に解消したの？

「シャムロック……大丈夫？　熱でもあるんじゃない？」

突然、奇行に及んだ彼が信じられなくて、思わず額に手を当ててしまった。

シャムロックは擽ったそうに（どうしてだ）「平気です」と笑う。

「心配なさらなくても僕の婚約は元々解消しても問題のないものでしたから」

「どういうことよ」

問題のない婚約なんて聞いたことがない。胡乱《うろん》な目つきで聞くと、シャムロックは「最初からそういう条件で婚約しましたから」と肩を竦めながら答えた。

「お相手のミラージュ嬢には元々他に好きな男性がいたのですよ。平民のね。もちろん認められるわけがない。でも、彼女はどうしても彼以外に操を捧げるのは嫌だった。だから僕と契約したんです。互いに好きな相手に振り向いてもらえなかった時は白い結婚をしよう、と。そのための暫定的な婚約をしていたんです」

「はあああああ？」

公爵家の御曹司が性交渉のない結婚をするつもりだったという発言に、目を大きく見開いた。

「そ、そんなこと許されるはずないじゃない！　結婚したからには子を儲けないと……」

「だって僕、姫様以外に勃《た》つ気がしないんです。彼女も好きな男以外に抱かれるなら死んだ方がマシだと言っていました。そういうところで気が合いまして。じゃあ、婚約しようと。このまま結婚する予定でしたが、姫様が僕を好きだとおっしゃって下さいましたので、少し前に『思いが叶いそうだから婚約を解消して欲しい』と素直にお願いしました。彼女も『そういうことなら』と、喜んで解消に応じてくれましたよ。勇気が湧いた、自分も彼と結婚できるような気がしてきたと言っていました」

「……なんなの、それ……」

とんでもない話に頭痛がしてきた。

私は彼女とシャムロックが夜会で踊るところを見て、なんてお似合いのふたりなんだろうと思っていたのに。

それが、『似たもの同士だったから』なんて誰が分かると言うのか。

絶句していると、シャムロックが照れくさそうに言った。

「そういうことですから、彼女のことを気にする必要はないんです。僕たちの間に障害はありません。姫様、僕と結婚しましょう」

「……いやいやいやいやいや」

いきなり全部飛び越えて『結婚』と言ってくるシャムロックがおかしすぎる。

いや、でも以前のシャムロックはこんな感じだったような気もする。わりと人の話を聞かないところがあるというか……。

だけど『愛しています。だから結婚しましょう』は本当に『ない』と思うのだ。

「お願いだから落ち着いて。そして馬鹿なことは言わないでちょうだい。大体、どうしていきなり結婚なのよ」

私の尤もすぎる質問に、シャムロックは小首を傾げた。

可愛い……じゃない！

相変わらずシャムロックのこととなるとポンコツになる自分の頭をなぐってやりたい気分だ。

「結婚したいのは、僕が姫様のことを好きだからですけど。それに姫様も僕のことを好きだとおっしゃって下さいましたよね。あ、答えはいりません。違うと言われたら嫌なので。もう僕は姫様は僕のことが好きなのだと思い込むことにしましたから。訂正はさせません」

「……」

めちゃくちゃである。

今更ながら、私はどうしてこんな男が好きなのだろうと額を押さえてしまった。男の趣味が悪すぎる。

それでもシャムロックにきちんと理解させねばと思い、口を開く。

「あのね、私、今からサヴィニア帝国に嫁ぎに行くのよ。あなたも分かっているわよね？　それとも何？　帝国までついてくるつもりなの？　そして私の結婚を潰す気なの？　それは本気で止めて欲しいんだけど」

皇帝との婚姻を台無しにだけはしないで欲しい。

私の婚約はすでに決まっていることなのだ。全部が終わり、さああとは嫁ぐだけという段階になってから「実は好きでした。結婚して下さい」と言われても「一昨日《おととい》来やがれ」としか言えないのである。当たり前だろう。

「これは国と国との約束なの」

言いながら、もしかしたら今世はシャムロックに殺されるのかもしれないなと考えていた。

今日まで私に『好き』だと一切告げなかったシャムロック。その彼が突然好意を口にし、結婚したいと言ってきた。

これが死亡フラグでなくてなんだというのか。

——ま、別にそれでもいいけど。

最後ではあるが、シャムロックに好きだと言ってもらえたのだ。それだけで今世はもういいと思えるほどに私は満足していた。

だからか逃げようとか、そういうことは全く考えていなかった。

私の言葉を聞いたシャムロックは首を傾げ、それから納得したように頷いた。

ポンと手を叩く。

「ああ、そういえば姫様、陛下から何もお聞きになっていないとおっしゃっていましたね」

「?」

なんの話だ。

彼が何を言いたいのか分からない。怪訝な顔でシャムロックを見つめると、彼はあっけらかんとした口調で言った。

「姫様の結婚相手は僕ですよ」

「へ？」

「だから僕なんですって。陛下にお会いして、お願いしたんです」

「は？　え、どういうこと？」

そんな話聞いていていない。

本人の知らないうちに婚約者が変更になっていたと聞かされ、目が点になった。

シャムロックによると、どうやら私が父に『皇帝との結婚を受ける』と言った直後に彼が行き、私を嫁に貰い受けたいと直談判したらしい。

「え、え、え？」

「幸いなことに、サヴィニア帝国に返事をする前だったんですよ。ですから陛下はサヴィニア帝国には普通にお断りの手紙をお書きになったんです。娘にはすでに結婚する予定の相手がいる、と」

「結婚する予定？」

「だから僕ですって。陛下、ものすごく喜んで下さいましたよ。姫様が僕のことを好きなのはご存じだったようで。両想いならその相手と添わせてやりたいとおっしゃっていました。嬉しいですね」

「……」

開いた口が塞がらなかった。

まさかの父が了承済みとか。

一週目の人生と真逆の展開が起こっている。

あの時は、元々はシャムロックが婚約者で、私が彼を好きではないからと、父は国の利になる別の男に婚約者をすげ替えたのである。

そういうことを過去、何度もしてきた父だったので、まさか『私が好きな男』に嫁がせようと考えてくれているとは思いもしなかった。

「お父様……」

「僕もびっくりしました。最悪、陛下を脅してでも姫様との結婚許可をいただこうと思っていましたので。そうする必要がなく、ラッキーでしたね」

「……シャムロック」

物騒である。

さらりと述べられた『脅す』の言葉に、これぞ私の知るシャムロックだなと思ってしまった。

なんだろう。友人としての距離をなくしてきた途端、いつもの彼に戻った気がする。

——まあ、別にいいんだけど。

困惑する気持ちももちろんあるが、それ以上に嬉しい気持ちの方が強い。だからもうなんでも構わなかった。

「陛下からお許しをいただいてからは、姫様を迎える準備を整えていました。姫様が今から向かうのはサヴィニア帝国ではありません。僕の屋敷ですよ。僕は僕の妻となる姫様を迎えに来たんです」

「でも、それならどうして今まで言わなかったのよ。お父様が何も言ってくれなかったことにも怒っているけど、あなたに対しても同じよ。言う機会なんていくらでもあったじゃない」

結婚準備をしていた一週間、シャムロックは何回か私を訪ねてくれていた。

いくらでも結婚相手になったと告げる機会はあったのである。

私が指摘すると、シャムロックは困ったような顔をした。

「言おうと思ったんですよ？　でも、姫様は話を聞いてくれるような状態ではなくて。大体、会いに行っても門前払いだったじゃないですか」

「……あなたが来るのが遅いからじゃない」

それについては自覚があった私は、視線を逸らした。

確かに私は、何度も訪ねてきてくれたシャムロックを、碌に話も聞かずに追い返した。それは何故かと言うと、怒っていたからである。

シャムロックは私を追いかけてこなかった。私に手を伸ばさなかった。

私は一週間も待っていたのに。

そのくせ、彼は結婚準備を始めてから、今更のようにのこのことやってきたのだ。許せるはずがない。

そういうわけで遅すぎると怒り狂った私は、彼を追い返したのだ。

「それは申し訳ありませんでした。でも、こちらにも色々と準備がありまして。とにかく、そういう事情で姫様にお話ししたくとも、できなかったのです。僕としてはきっと陛下が伝えて下さると信じてこうして用意をして待っていたのですが……はあ……多分、姫様を驚かせようと思って、わざと今まで黙っていたのでしょうね。あの方にはそういう愉快犯的なところがありますから」

「お父様が愉快犯……」

私の知らない父の姿を告げられ、驚いた。

だけどこうして話を聞いてしまえば、私以外の全員がシャムロックと結婚することを知っていたのではないかと思えてくる。たとえばさっきの女官たち。

先ほど彼女たちが見送る時に言ってくれた言葉。あれはシャムロックのことを言っていたのだと思えば納得できるからだ。

「……なんてこと」

知らなかったのは、本当に私ひとりだけだったらしい。

頭がグラグラすると思っていると、シャムロックが優しい目で私を見つめてくる。

「納得していただけましたか？　姫様の婚約者は僕です」

「そう、みたいね」

息を吐き出す。

俄には信じがたいが、どうやら本当に私の婚約者はシャムロックになってしまったようである。

怒濤《どとう》の展開についていけなかった感情がようやく素直に喜びを感じ始めた。

——私、シャムロックと結婚するのね。

好きな男と。

今度こそ結婚できるのだ。

とはいえ、どうなるかは分からない。何せシャムロックは私の死神。いつ死んでもおかしくない。

「……あなたの婚約者だった彼女に刺されたりしなければいいけど」

合意で婚約を解消したとは聞いたが、やはり疑わしい気持ちは残る。

ポツリと呟くと、シャムロックが「だから大丈夫ですってば」と笑った。

「せっかく今世では姫様と結婚できるのですから、僕が命をかけてあなたを守ります。心配いりません。誰よりも長生きできると断言してあげます」

「?」

今世では、という言い方に疑問を持ち、彼を見た。シャムロックは笑みを浮かべていたが、その笑い方でハッと気づく。

「……もしかして、シャムロックあなた、記憶が」

「せっかく今世では逃がしてあげようと思っていたのに。姫様、覚悟して下さい。もう、絶対に離しませんから」

「!」

返ってきた言葉を聞き、確信する。

間違いない。彼は私と同じで、繰り返してきた全ての記憶を持っているのだ。

――なんてこと。

それを嬉しいと思えばいいのか、お互い大変だったわねと言えばいいのか、それともどこかで言えと怒ればいいのか分からない。分からないけど、今、彼に言えるのはこれだけだ。

「……あなたみたいなしつこい男に付き合える女は私くらいよ」

私の返しにシャムロックは破顔し、私を思いきり抱き締めた。

「ええ、ええ、その通りですとも。だって僕はあなただけのために存在しているのですから。これから、僕の全てを賭けてあなたを愛してあげます。だから、二度と僕から離れられると思わないで下さいね」

恐ろしい言葉だ。

少し前までの私が聞けば震え上がっていたかもしれない執着を孕んだ言葉。だけど今は嬉しいだけで、そうして欲しいとさえ思ってしまう。

だから私は彼の腕の中で大きく深呼吸をし、彼に言った。

「ええ、望むところだわ。……あ」

唐突に、クインクエペタ様が笑った気配を感じた。それで正解なのだと言われた気がした。

時折感じるクインクエペタ様の気配。それをまさに今、全身で感じ取った私は不思議と確信していた。

きっと私が人生をやり直すことはもうないのだろう、と。

私は、クインクエペタ様に言われた幸せをついに摑んだのだ。

――そう、そうなのね。

あの死の繰り返しは終わったのだ。

いつの間にか過ぎていた、私が死んでしまう十九歳。

それを越えた時、気づいても良かったのかもしれない。

私が正しい道を、クインクエペタ様に望まれた道を歩んでいるということに。

「……」

あの歪んだ死の数々は、きっと私たちがやり方を間違えてしまったがゆえに起こっていた、本来ならあり得ない出来事だったのだろう。今ならそう思える。正解はここにあったのだ。

「愛しています、姫様。ずっとあなたが欲しかった」

シャムロックが顔を近づけてくる。それを私は目を閉じて受け入れ、ようやく辿り着いた幸福を噛みしめ、涙を流し続けていた。

終章　運命の輪は回る

三カ月ほどの婚約期間を過ごしたあと、私は予定通りシャムロックと結婚した。

幸せを掴んだと思ったあの感覚は当たっていたらしい。結婚する前に死んでしまうようなこともなく、結婚してから二年が経った今も、ただただ幸せで平和な暮らしを享受している。

私が今、暮らしているのはレガクレス公爵邸だ。

結婚と同時にシャムロックは父親から爵位を継ぎ、屋敷を譲られた。義理の両親は隠居し、別邸へと移り住み、現在本邸には私とシャムロック、そして使用人たちだけが住んでいる。

「うーん。いい天気」

自室でデッサンを楽しんでいた私は気分転換に公爵邸の庭に来ていた。

着ているのは自分でデザインをした柔らかな素材が心地よいドレスだ。あまりお腹を締めつけないもので、最近は楽な着心地を追求して作っている。

実はこれ、妊婦用のドレスだったりする。うちの国のマタニティ用ドレスはどれもお腹を締めつけるものばかりで実用的ではなかった。だから思い切って自作したのだ。

自分が妊娠した時のことを考えて作ったものだったのだが、実は需要は高かったらしく、数カ月前、新たなドレスメーカーとして立ち上げたところ、注文が殺到し、かなりの成功を収めることができた。

部屋着としても愛用されているようで、私としては嬉しい限り。

「ふう……」

無意識にお腹に触れる。そんなに暑いわけではないが、額に汗が少し滲んでいた。

あまり長居はしない方がいいだろうと思っていると、背後から私を呼び止める声が聞こえた。

「マグノリア、そんなところにいたんですか。探しましたよ」

「あら」

立ち止まり、振り返る。

夫となったシャムロックが私を追いかけてきていた。

上着を手に持っている。急いでいたのが一目で分かる様子に笑ってしまった。

「使用人に聞いたら、あなたが散歩に出かけたというから」

「だって、退屈だったの。休憩も大事だと思わない？」

「だからって供も連れずに散歩なんて！　あなたに何かあったらどうするんです」

「平気よ。ここは公爵邸で私たちの他には使用人しかいないんだから」

「それでも、です」

シャムロックが私の手を握る。彼の視線が私のお腹に向いた。

実は私は数カ月前に妊娠していることが分かったのだが、それからシャムロックは酷く過保護になっている。

少しでも動こうとすると、眦《まなじり》を吊り上げて怒るのだ。

「散歩くらいはした方がいいと、医者も言っていたわ。あなたもそれは聞いていたでしょう？」

「それはそうですけど……」

「それともあなたはまた、私を軟禁するつもりなのかしら？」

以前の生であったことを持ち出すと、シャムロックは渋い顔をした。

「しませんよ。あれについては僕も後悔してるんですから」

後悔とは、そのあと火事になったことを指しているのだろう。シャムロックにも繰り返しの記憶があると知ってから、私たちはたまにその頃の話をしていた。

裏で彼が何をしていたのか聞く度にしょっぱい気持ちになるが、その事実は今生には存在しないので、まあいいかと流すことにしている。

苦い記憶も多くあるが、最近では思い出に変わってきたように思う。

くすくす笑うと、シャムロックは気まずげな顔をしつつも、「お供致します」と言った。その言葉を訂正する。

「私はもう姫ではないのに、お供をする、なの？」

「私にとって、姫様はいつまで経っても姫様ですから」

「妻になっても？」

「ええ」

二十代も半ばになり、シャムロックはますます美しい男になった。

まさに神に愛されているという表現がぴったりの男に。

百人中、百人が振り返ると断言してもいい。宗教画に描かれるクインクエペタ様の絵姿に面差しがよく似ていると言われるが、それも当然だろう。

だって私たちは『神の寵児』。クインクエペタ様に愛され、彼の姿を濃く映し出しているのだから。

その男に全身全霊で愛されている私は、今の状況にとても満足している。

「あなたがそれでいいのなら私も構わないわ。でも私、あなたに名前を呼んでもらうのが結構好きなの」

結婚して王籍ではなくなった私は、正確には『姫』ではなくなった。それを機にシャムロックは私を『マグノリア』と名前で呼ぶようになり、その呼び方を私は結構気に入っていたのだけれど。

「……そういう言い方をするのはずるいと思います」

「そうかしら。私は本心を言っただけよ」

小首を傾げる。シャムロックは「分かりました」と両手を挙げた。

「マグノリアには敵いません。今も昔も。……勝ちたいと思ったこともありませんけどね。僕の側にいてくれるのならなんでもいいんですから」

「ええ、もちろん。負けてあげる気なんてないわ」

「いつまでも勝ち続けて下さい。僕は、あなたがいなければ息をすることすらできないんですから」

「大袈裟ね」

「本当なんですけどね」

苦笑するシャムロックの頬を抓る。

私がいないと息ができないとはさすがに大袈裟だと思う。

ふたりでゆっくりと歩き出す。

きっと私はこのまま年を取り、彼の妻として死んでいくのだろう。そのあとは、二度と目覚めることはない。

それでいい。それが正しい人間の形なのだから。

もう一度やれなんて言われてもごめんだ。

ようやく手に入れた愛する夫と、このお腹の中にいる子を失うなんて耐えられないから。

「もう、夏が来るのね」

抜けるような青空を見上げる。シャムロックも同じように天を仰いだ。

「ええ、本当に」

「クインクエペタ様も見守って下さっているのかしら」

「きっと、見て下さっていると思いますよ。たまにお側にいらっしゃる気配を感じますから」

「分かるわ。今も感じているもの」

「僕もです」

クインクエペタ様を感じると告げると、シャムロックも笑顔で頷いた。

彼も言うのなら間違いない。私たちには見えないけれど、きっと側にいて、見守って下さっているのだろう。それを嬉しく思う。

「マグノリア」

シャムロックが私の肩を抱き、屋敷の方へと向かわせた。

「シャムロック？」

「これ以上、日に当たるのは良くありません。戻りましょう」

「ええ」

元々散歩は終わりにしようと思っていたこともあり、素直に頷いた。

ざくざくと土を踏みしめる音がふたり分。

数年後にはこれが三人分になっているのだろう。

その未来がとても楽しみだと思う。

「マグノリア？」

感慨深い気持ちに浸っていると、シャムロックが声をかけてきた。それに応える。

「なんでもないわ。ただ、この幸せがいつまでも続けばいいと思っただけ」

「続きますよ。僕が、続けさせてみせますから」

「それは心強いわ。私と、この子を守ってね」

「はい、必ず」

夫の言葉が頼もしい。

——あ。

また、感じた。

屋敷に向かう私たちをクインクエペタ様が見ているような気がしたのだ。それに気づいた私はそっと微笑み「ありがとうございます」と呟いた。

◇◇◇

「ああ、やっと終わった」

屋敷に戻るふたりを見届け、ホッと息を吐いた。

私の愛し子であるマグノリアの腹には、新たな生命が宿っている。そのことに心底安堵していた。

「——あの子たちから、『神子』は生まれるから」

私のふたりの愛し子、マグノリアとシャムロック。彼らの子供は、『神子』と呼ばれる存在になる。

それを私は未来視によって知っていた。

——『神子』。

神を降ろせる、神の声を聞くことができる、『神の寵児』とはまた別の存在。

ここ数百年、一度も生まれていない稀少な存在。

愛し子たちとは別の意味での愛おしい子。彼が、彼女が誕生する様を私はどうしても見たかったのだ。

元々マグノリアとシャムロックは結ばれる運命にあった。だから問題ないだろう、きっと可愛らしい『神子』を見せてくれるだろうと期待していたというのに、予想外にシャムロックが暴走し、結果として、マグノリアが死んでしまった。

あの時は本気でどうしようかと頭を抱えた。

彼女たちがいなければ、『神子』は生まれない。

もう、諦めるか。

死んでしまったのだから仕方ない。

いや、でも、ここで諦めれば、また数百年、『神子』と会えなくなってしまう。それはどうしても嫌だと思った。

悩みに悩んだ末、私はマグノリアにやり直しをさせることを決めた。

正しい未来へ向かってもらうため、そのために彼女に時を遡《さかのぼ》ってもらったのだ。

だが、そのやり直しは一度では終わらなかった。

運命のふたりのはずなのに、彼らはどうあっても結ばれなかったのだ。それどころか、いつの間にかマグノリアが必ず十九歳で死ぬという確定した運命まで付随していた。

しかもマグノリアはすっかり嫌気が差し、やる気を失っている。このままでは上手くいくはずもない。モチベーションを上げなくては、彼女はいつまで経っても未来を摑めないだろう。

こうなれば仕方ない。

私はマグノリアの前に姿を現し、幸せになるまでこの繰り返しは続くと告げた。

その言葉に彼女は絶望していたが、それでも私の言った言葉に頷いた。

幸せになるために頑張ると約束してくれたのだ。

そうしてまた始まった、マグノリアの繰り返される日々。

彼女は言葉通り頑張ってくれたが、それを台無しにするのはいつも私のもうひとりの寵児であるシャムロックだった。彼は毎回おかしな方向に愛情が振り切れ、結果としてマグノリアを死に至らしめてしまうのだ。ちなみに彼が存在しないなんて時もあったが、そういう時は必ず彼女は十九歳にさえならずに死ぬ。マグノリアとシャムロックは運命なのだから、それも当然だろう。

何十度となく繰り返された結果を見て、私は、もうこれは駄目だと悟った。

記憶のないシャムロックは、必ず失敗する。それが分かったからだ。

だから私は彼の前にも姿を現した。そして、彼に今まで彼がどんなことをしてきたのか、自分の行いを見せつけたのだ。

記憶がないから同じ失敗ばかり繰り返すのだ。自らのしてきたことを知れば、いくらか行動も変わるだろう。そう思ったからだ。

結果として、それは正解だった。

シャムロックは己の行いを猛省し、初めてまともにマグノリアに接した。

友人としての距離を保ち、彼女の幸せを願うという行動に出たのだ。

そしてそんな彼の変化を目にして、マグノリアの感情も変わっていった。

徐々に彼を意識するようになり、ついにその思いを認めるまでになったのだ。

それを見た時は心底ホッとした。

今まで歪んでいた運命の輪が正常に回り始めたのを感じ、全身から力が抜けた。ようやく、と心から思った。

本当に、本当にこうなるまで長かった。

だけど望んだ結果に繋がったのだから、苦労した甲斐もあったというものだ。

「終わり良ければ全て良し、かな」

この結末は誰もが嬉しいハッピーエンドだ。ようやく収まるべきところに皆が正しく収まってくれた。

時間はかかったが、求める結末に辿り着けて良かったとそう思う。

「めでたし、めでたし」

時間が正常に流れていく。それを改めて感じとり、ホッとした。

もう変な捻れは起こらないだろう。

マグノリアは子を産み、その子は『神子』として誕生する。

私の望んだ通りに。

もう一度、彼らに目を向ける。

マグノリアとシャムロックが笑い合っている。その表情は幸せそのもので、彼らを愛する神としても、とても嬉しく思った。

あとがき

こんにちは。今回はちょっと早いスパンでお届けします。月神《つきがみ》サキです。

この度は『執着幼馴染みのせいで人生を何十度もやり直す羽目になった私の結末』をお買い求めいただきまして、まことにありがとうございます！

今回はどんな話を書こうかなと考え……そうだ、久しぶりにループものを書きたいぞ！　となりました。

当初のプロットでは主人公はもっと容赦ない死に方をしていたのですが……担当様が「こ、これはエグすぎる……もうちょっとソフトに……」とご助言下さり、現在の形となりました。シャムロックがもっとえげつない男だったんですよ。私としては、「え、ぬるくない？　大丈夫？」と思っていたのですが……やりすぎだったようです。

おかげでシャムロックは、爽やかな男前となりました（嘘です）。

肝心の中身ですが、『執着』と銘打ってはいるにもかかわらず、ヤンデレと担当様には言われてしまいました（泣）。

いや、私的にはこれギリギリ『執着』だなと思っているんですよ？　しかしながら、賛同はいただきにくいようで……。おかしいな……。

月神のヒーローは、ほぼ全員が執着ヒーローですが、ヤンデレまでいっている男は殆どいないと思っています（『帰れませんシリーズ』は除く）。

そう、彼らはちょっとヒロインのことが好きすぎるだけ……ただそれだけなんです!!

今回、イラストは八美《はちび》☆《す》わん先生にお願い致しましたが、キャラクターラフをいただいた時点ですでに素晴らしすぎてゾクゾクしました。

カバーなんて、シャムロックの病みがよく表現されていて……おっと、ヤンデレではありませんので病みなんてなかったですね。うっかり、うっかり。

今回、カバーには、ヒロインの名前の由来になったマグノリアの花がちりばめられていて、とても感動致しました。

各キャラの名前をつける時、いつもうんうん悩むのですが、この名前にして良かったと心から思いました。は～、本当に美しい。

八美☆わん先生、お忙しい中ご担当いただき、本当にありがとうございました。


さて、次回作ですが、次回はいつもより期間が少し開きます。ちょっと休息を取ろうかなと思っていまして（あ、大丈夫。元気です。倒れる前に休むだけなので……）。

体調を整え、また頑張りますので、お目見えした際にはよろしくお願い致します。次作もピュアの方になると思います。

それではまた次回、よろしくお願い致します。

月神サキ

執着幼馴染みのせいで人生を何十周もする羽目になった私の結末

著者　月神サキ

2021年1月5日　初版発行

発行人　神永泰宏

発行所　株式会社 J パブリッシング
〒102-0073　東京都千代田区九段北1-5-9 3F
TEL 03-4332-5141　FAX03-4332-5318

製版　サンシン企画

印刷所　中央精版印刷株式会社

ISBN：978-4-86669-358-3
Printed in JAPAN